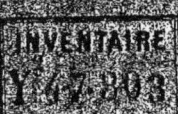
SAMARITE

PAR

Mlle ZOÉ LAPONNERAYE.

« Hélas ! nos jeunes affections se
précipitent vers leur ruine ou ne
rencontrent qu'un le désert. »

(Byron.)

EN VENTE :

A PARIS,
chez Moreau, libraire,
Palais-National, péristyle
Valois, n. 182 et 183;

A MARSEILLE,
chez Madame Vᵉ Camoin,
libraire,
rue de la Canebière.

et dans les Bureaux de la Voix du Peuple, rue Haxo, 6.

1849.

SAMARITE.

MARSEILLE.

IMPRIMERIE ET LITHOGRAPHIE DE JULES BARILE,
Place de la République, 4.

SAMARITE

PAR

Mlle ZOÉ LAPONNERAYE.

Hélas ! nos jeunes affections se
précipitent vers leur ruine ou ne
rencontrent que le désert !...

(BYRON.)

EN VENTE :

A PARIS,
chez Moreau, libraire,
Palais National, péristyle
Valois, n. 182 et 183 ;

A MARSEILLE,
chez Madame Ve Camoin,
libraire,
rue de la Canebière,

et dans les Bureaux de la VOIX DU PEUPLE, rue Haxo, 6.

1849.

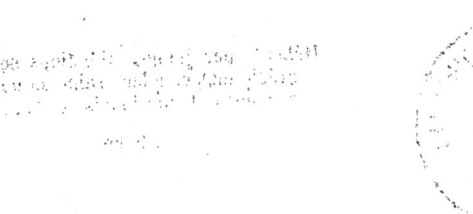

SAMARITE.

～～～

I.

SAMARITE A LÉONCE.

Assez, Léonce ; toutes vos paroles seraient vaines aujourd'hui pour réveiller en moi l'espérance à jamais éteinte. Vous connaissez mes luttes ardentes au milieu de cette étrange confusion où viennent échouer toutes nos saintes croyances. Hélas ! combien de combats persévérants, combien de désolantes défaites ! Avec quel enthousiasme j'accueillais toute pensée qui s'annonçait comme la solution du difficile problème que remettent chaque jour en question les misères, les iniquités du siècle ! mais la foi est morte, et la foule n'écoute plus la parole de ceux qui se vouent aux tourments de l'apostolat. C'est en vain qu'ils cherchent à rappeler aux hommes les lois éternelles de la justice et de la charité, et à fixer leur pensée incertaine ; les hommes ont oublié les anciennes vertus et nient les bienfaits d'une morale nouvelle.

Et moi aussi, Léonce, le spectacle de ces misères m'avait pénétré d'une sainte pitié ; et moi aussi j'ai avidement cherché le remède à tant de maux ; mais, comme tant d'autres, je me suis brisé contre l'inexorable réalité du fait. Nous nous berçons tous de la même chimère ; tous nous croyons faire durer plus long-temps l'illusion, et, comme dit le poète :

Nous nous réveillons tous au même endroit du rêve....

Aujourd'hui, j'ai subi ce pénible réveil : aucune illusion ne pourra plus désormais abuser mon cœur, ni exciter mon trop facile enthousiasme. Oh ! je suis bien guéri. Mais quel néant !.... Léonce, ne raillez pas mon désespoir ; vous n'avez pas toujours écouté avec indulgence les douloureuses confidences de votre ami. Lorsque, fatigué de la lutte, je venais me plaindre à vous, votre terrifiante raison, au lieu de m'éclairer, me remplissait de doute ; vous m'indiquiez une route si différente de celle que je voulais suivre, que ma pensée, déjà indécise, s'égarait de plus en plus ; enfin, je me suis perdu.

Et pourquoi s'arrêter ainsi au premier détour du chemin ? m'allez-vous dire avec votre désolant sérieux. O mon ami ! qu'il est difficile à ceux qui cheminent péniblement sur cette route aride d'éviter la lassitude. Nous partons pleins d'espérance et d'ardeur, et nous croyons que notre marche sera triomphante. Quelques-uns s'élancent intrépidement dans la carrière, avec l'espoir de découvrir plus tôt le terme de ce laborieux voyage. Mais il n'est donné à aucun de devancer l'ordre du temps, et le vertige s'empare de leur esprit ambitieux. C'est alors que l'on s'arrête et que l'on porte un regard découragé sur l'espace déjà parcouru.

L'avenir m'a manqué, et j'ai tourné mes regards vers le passé. Je me suis reporté en songe aux premiers jours de ma jeunesse ; j'ai voulu puiser dans les doux et chaleureux souvenirs de ces riantes années un peu de vie pour le présent... Léonce, pouvons-nous contempler sans remords tant de force et de puissance inutilement dépensées ? mais est-ce nous-mêmes que nous devons accuser de nos déceptions ? De la limite où je suis placé, je puis examiner sans passion les évènemens de ma vie.

Vous n'avez pas oublié l'époque où, croyant voir empreint sur mon front le sceau du génie, on encouragea ma pauvre mère à sacrifier ses faibles ressources pour subvenir aux dépenses que nécessitait ma capricieuse ardeur pour l'étude. Vous savez que, privée de mon secours dans ses travaux journaliers, elle dut redoubler d'efforts et de peine. Depuis ce temps, déjà si loin de nous, bien des regrets ont assailli mon cœur, mais aucun ne l'a plus vivement affecté que le souvenir des sueurs arrachées au vieux front de ma mère. Lorsque après une journée de courses aventureuses, je regagnais le soir notre demeure, quelle que fût l'heure à laquelle le caprice me ramenât, j'étais sûr de voir briller au fond de la vallée sa lampe laborieuse.

Sa confiance en moi était sans bornes, sa persévérance infatigable. Un seul homme, dans le petit monde que nous habitions, osa élever la voix pour combattre cette confiance si peu fondée, et pour blâmer les exigences de ce génie que chacun m'attribuait. Mais cet homme était notre curé, et on ne l'écouta pas.

Et pourtant le digne homme apportait à l'appui de
son opposition, les arguments les plus péremptoires. Il
combattait avec raison cette manie des vocations antici-
pées dont on fait souvent un si grand abus. « Sur je
ne sais quel penchant à la rêverie que l'on a découvert
en nous, me disait-il, on s'empresse de vous proclamer
un élu du génie. Hélas! mon enfant, nous rêvons tous.
Et moi aussi j'ai rêvé lorsque j'étais jeune et impatient
comme vous; mais Dieu a permis que je susse distinguer
la vague inquiétude de nos jeunes années du sublime
tourment de la pensée. Je me suis aperçu à temps que
je n'étais pas appelé à discuter les grandes questions
qui occupent les hautes intelligences, ni à me poser
comme la triste personnification de ces souffrances sans
nom qui s'emparent souvent de la jeunesse. Alors, j'ai
suivi le vieux courant; j'ai propagé parmi mes semblables les vérités qui ne changent jamais. Les esprits peuvent changer, des révolutions peuvent ébranler le monde; mais il y aura toujours dans le cœur de l'homme
un vif besoin de se rapprocher du Dieu qu'il délaisse
dans ses jours de doute et de colère.

« Quant à vous, Samarite, croyez-moi; si vous possédez ce qui constitue le vrai génie, ne vous occupez
pas de lui préparer d'avance un piédestal; le jour
viendra où il saura s'élancer malgré les obstacles, et
sans que l'on ait besoin de lui désigner la place qu'il
doit occuper. »

Les discours du curé me mettaient hors de moi, et
plus je reconnaissais de vérité dans quelques-unes
de ses paroles, plus je me révoltais contre le terre à
terre de ses idées. Ce n'était pas ainsi que je rêvais la
gloire; je ne pouvais m'imaginer que l'existence de ces

hommes , que l'on me proposait pour modèle , se fût écoulée comme celle des hommes vulgaires , et je me les figurais toujours affranchis des tristes nécessités de la vie humaine. J'ignorais (heureux temps !) que leur part de misère fût plus lourde qu'aucune autre , qu'il leur fût donné d'endurer plus vivement la souffrance qui nous initie si douloureusement aux grandes pensées , et que c'est ainsi que se paie la gloire.

Je reviens à ma triste histoire.

Un beau jour l'on décida que je devais tenter la fortune, et l'on me montra Paris comme le but vers lequel doit se diriger tout homme qui se sent appelé à une destinée glorieuse. Je partis. Mais je me rappellerai jusqu'à mon dernier jour cet instant qui brisa sans retour , en deux parts si différentes , une existence commencée sous de si tranquilles auspices. La désolation de ma mère était navrante , et j'étais pour ainsi dire sans larmes en présence d'une si grande douleur. Je nourrissais depuis longtemps une espérance illimitée; je croyais pouvoir suivre toujours un courant doux et facile , et je ne voyais pas la pente fatale qui devait me conduire au milieu d'une mer orageuse , grosse de tempêtes et de déceptions.

J'attendais avec une impatience cruelle l'heure du départ. Enfin, cette heure si longtemps attendue arriva. Le soleil était radieux , la voiture qui devait m'emporter se trouvait à vingt pas de notre demeure, et l'on n'attendait plus que moi pour partir. J'embrassai ma mère une dernière fois en lui faisant espérer un prompt retour; elle tomba évanouie sur le banc qui était à notre porte : je la recommandai à notre vieux curé que je venais d'apercevoir auprès de nous ; je m'élançai sur la route , et je partis pour toujours...

Le chemin que nous suivions était pratiqué sur le penchant d'une montagne qui dominait notre tranquille vallée, et je pus apercevoir pendant quelque temps encore ma mère qui me suivait des yeux. Mais, à mesure que nous avancions, les vapeurs du matin voilèrent de plus en plus les objets qui s'éloignaient de nous ; bientôt je ne vis plus que l'ombre de ma mère qui me tendait les bras ; le chemin fit un brusque détour, et tout disparut...

Ce fut alors que je me crus bien loin. J'avais perdu de vue tous les lieux que je parcourais depuis mon enfance ; je découvrais de nouveaux horizons dont les aspects variés occupaient et fatiguaient mon attention. Insensiblement, le roulement monotone de la voiture, la chaleur qui augmentait par degrés, me plongèrent dans un demi-assoupissement qui n'était ni la veille, ni le sommeil, mais qui avait toute l'incohérence du rêve.

Alors je me retrouvais en songe à l'heure du départ ; il me semblait être encore au moment où j'avais quitté notre pauvre habitation, et l'aspect de ma mère désolée qui voulait me barrer le passage, m'éveillait en sursaut. Oh ! comme le cœur me battait alors ; comme j'aurais volontiers retourné sur mes pas !...

Je ne sais pourquoi je me rappelle ainsi, depuis quelques jours, avec une vive sensation et dans tous leurs détails, ces moments que j'avais oubliés depuis si longtemps, et je ne sais pourquoi ce souvenir m'attriste plus encore que celui qui reporte ma pensée vers cette époque funeste de ma vie où j'eus à endurer tant de mécomptes.

C'est de cette époque fatale que je vous ai souvent entretenu ; c'est contre l'acharnement du sort que je

venais vous demander le secours de votre raison. Mais
j'étais comme un malade désespéré qui demande à la
science un breuvage salutaire, que son caprice ou sa
faiblesse lui fait repousser l'instant d'après. Hélas ! si
j'étais indocile, que vous étiez peu indulgent ! Mais
c'est vous, c'est bien vous pourtant qui aviez raison.
Raison ! mais dans quel siècle vivons-nous donc, si
tous nos jeunes rêves de bonheur et de gloire doivent
être étouffés ? Serait-il vrai que cette sublime croyance
du beau et du bien qui enchante nos premières années ?
que ces rêves dorés, que ces brillantes espérances ne
soient que le résultat de l'effervescence passagère de
notre jeunesse, et qu'il n'ait jamais été donné à l'homme
d'atteindre le but de ses désirs ? Éternel labeur de
l'ambitieux Sisyphe, que l'on recommence toujours, et
dont on ne se lasse jamais ! Mais où donc s'arrêter
alors ? Quelle est la limite que prescrit la sagesse ? Ah !
nous a-t-il jamais été donné d'être sages ?

Reviendrai-je sur cette époque ? Dois-je vous dire
encore ce que je vous ai répété tant de fois ? Léonce,
c'est une histoire qui devient bien vulgaire ; c'est celle
de tous ceux qui, fatigués de suivre le chemin battu
où se presse la foule banale, cherchent quelque sentier
moins aride.... Heureux ceux qui ne s'égarent pas dans
ces aventureuses recherches !

Mais ce que vous ignorez, Léonce, ce sont les com-
plications qui m'ont conduit au dernier degré du désespoir où je me trouve aujourd'hui.

Lorsque j'eus épuisé toutes les forces de mon esprit à combiner de merveilleuses chimères, lorsque
je fus convaincu de leur néant, je demeurai confondu de ma folle persévérance. L'heureux temps de ma

jeunesse s'était évanoui sans retour ; et si j'avais voulu
user envers moi de la sévérité de cet antique philosophe
qui prescrivait à ses disciples d'interroger leur conscience à la fin de chaque journée, afin de savoir si leurs
actions avaient été conformes à la vertu, je n'aurais pas
trouvé, moi, dans le cours de ma pénible existence, une
action dont je pusse me glorifier. Et tandis que je cher-
chais à résoudre d'insolubles problèmes, ma mère se
mourait de misère et de souffrances dans un coin de ce
pays que je voulais régénérer.

Un jour, je reçus du curé de notre petite ville (hélas !
vous en étiez absent, Léonce,) une lettre dont la lectu-
re produisit en moi une douleur, un remords, un acca-
blement que je ne puis encore surmonter. Cette lettre m'apprenait que, dévorée d'inquiétude sur le sort
de son fils, épuisée de privations et de travail, ma
mère venait de mourir !... Elle avait attendu, avec
une naïve confiance, que le brillant avenir qui m'avait
été prédit se réalisât ; mais lorsque, au lieu du tableau
de ma prospérité, elle ne reçut de moi que des plaintes
contre le sort, elle ne put supporter cette trop rude
épreuve.

La nouvelle de cette mort mit le comble à mon désespoir. Elle fut pour moi une lumière funeste qui me fit
voir toute l'étendue de ma misère. Depuis ce moment,
il semble que je sois voué au supplice de ces damnés,
qui consiste dans la subtilité même de leur mémoire,
laquelle leur rappelle sans cesse l'irréparable désastre
de leur existence passée. J'ai toujours devant les yeux
l'image de ma mère expirante et délaissée... de mon
existence à venir, et l'épouvante me saisit. Je suis comme enfermé dans un cercle fatal dont je n'ai ni la force

ni la volonté de sortir ; et je sens que je tombe peu à peu
dans une inertie absorbante, sans qu'il me soit possible
de prévenir ma chûte. Je ne sais comment finira cette
crise, et je livre à votre esprit un vaste champ d'obser-
tion où vous pourrez découvrir, peut-être, le secret de
bien des maladies morales de ce temps-ci. Que le ciel
pardonne à qui les cause! Léonce, il m'est impossible
de vous exprimer le trouble et l'abattement qui se suc-
cèdent en moi... Mon ami, adieu !...

II.

LÉONCE A SAMARITE.

Si je ne vous connaissais pour le plus extravagant
des hommes, mon cher Samarite, le nouveau récit que
vous m'adressez m'effraierait en me faisant songer à
l'influence que peuvent avoir, sur un esprit comme le
vôtre, de pareils remords et un si grand décourage-
ment; car on ne sort que de deux manières de la situation fatale où vous vous trouvez : ou par une sorte
d'indifférence morale qui déprave le cœur, ou par le
noble effort d'un homme qui sent toute sa valeur et qui
sait s'élever au-dessus de la fortune qui le brave. Mon
ami, je ne veux pas douter un seul instant de l'issue

3

de la lutte où vous êtes engagé. Vous êtes fort, malgré vos appréhensions , et vous possédez une âme qui vous placera toujours au - dessus des doutes qui vous assiégent. Oh! ne doutez pas de vous-même, Samarito; que le vertige ne s'empare pas de votre esprit à l'aspect de l'abîme entrouvert sous vos pas; sachez tourner l'écueil, et vous découvrirez bientôt un espace plus libre. Jusqu'à présent , ce n'est pas par faiblesse que vous avez péché, mais votre force a été mal dirigée.

Vous vous êtes indigné en voyant certains hommes relever quelques débris du vieil édifice pour s'en faire un abri contre la tempête, tandis que le plus grand nombre avait à supporter toutes les rigueurs de la tourmente. Alors vous avez fait entendre votre voix pour demander qu'il y eût place pour tous, et votre voix s'est perdue au milieu du bruit discordant de la foule. Rassurez-vous ; vous n'êtes pas le premier qui ayez échoué contre un écueil aussi redoutable ; l'art d'instruire et de connaître les hommes est un art difficile, et l'on ne doit pas toujours s'étonner si *la foule n'écoute plus la parole de ceux qui se vouent aux tourments de l'apostolat.* Nous n'en sommes plus là.... Bien des années nous séparent de ces époques de rénovations et de brusques conquêtes. Déjà certaines barrières sont brisées, et permettent de s'élancer, sans rien renverser, vers le but auquel on aspire. Mais il ne faut pas croire que l'on puisse parcourir sans difficultés une aussi immense carrière, ni s'avouer vaincu avant d'avoir rendu un véritable combat.

Le mal dont vous êtes atteint est fort commun à une certaine époque de la vie. Bien qu'il soit variable dans

ses symptômes, son influence est presque toujours la
même. C'est une crise à laquelle nous ne pouvons nous
soustraire, et que les déceptions nous rendent d'autant
plus douloureuse. Hélas ! comment pourrions-nous
conserver les illusions du jeune âge lorsque la triste
expérience nous force de mesurer le chemin que nous
avons fait et celui qui nous reste à faire encore, et de
supporter avec défiance les chances de l'avenir ? C'est
l'épreuve la plus décisive qu'ait à supporter notre faiblesse; et notre chûte nous est d'autant plus sensible,
que notre ambition ne se borne pas toujours à nous-
mêmes, mais vient embarrasser mille objets qu'il ne
lui est pas permis d'étreindre. C'est une tentation dan-
gereuse et dans laquelle les plus forts peuvent succomber...

Mais il serait vraiment hors de propos de chercher
à vous expliquer les causes du mal au lieu de chercher
à y appliquer le remède; et c'est alors que vous auriez
le droit de vous révolter contre mon esprit raisonneur.
Non, je sens trop ce que vous devez souffrir, et tout
ce que votre imagination malade doit encore ajouter
d'illusion à vos souffrances réelles. Mais je vous connais tant de ressources en vous-même qu'il m'est permis d'être exigeant. Je ne veux pas irriter vos regrets,
mais les adoucir. Samarite, m'avez-vous ouvert votre
cœur tout entier ? Ne m'avez-vous pas caché d'autres
misères ? Mais je suivrai de près cette lettre et je serai
bientôt près de vous. Alors nous pourrons recommencer
nos interminables querelles d'autrefois; mais ce ne sera
plus pour nous quitter moins persuadés que jamais
après la discussion. Malgré toute votre colère, nous
avons beaucoup appris à toutes ces vicissitudes de la

vie; vous serez peut-être moins exclusif, et moi plus
conciliant. Mais ce que nous renouvellerons surtout ,
ce sera notre ancienne et constante affection; vous me
suivrez ici, Samarite; vous viendrez goûter de la tran-
quillité de cette demeure, d'où vous me reprochez de
contempler d'un regard superbe le douloureux travail
des hommes; et vous le jugerez vous-même avec un
esprit plus libre. Adieu; à bientôt.

III.

SAMARITE A LÉONCE.

J'arrive de l'autre monde , Léonce , et votre lettre
de six mois de date , que le hasard a mise entre mes
mains , me semble être comme la fin d'un rêve pénible
dans lequel je serai retombé après un réveil plus pénible encore. Bien des événements ont rempli ma vie
depuis cette époque ; je veux tout vous dire , mon ami ;
mais je ne sais comment je pourrai, sans une sorte de
vertige , reporter ma pensée jusqu'au commencement
du récit que je viens vous faire. Je ne sais où je vous
ai laissé dans ma dernière lettre , si ce n'est que le
trouble affreux qui ébranlait tout mon être , me per-
mettait à peine de suivre la triste analyse de mes tourments. Mais ce que je me rappelle maintenant avec

effroi, c'est l'insensibilité où je demeurai plongé pendant plusieurs jours. Lorsque je sortis de cet état d'absorption, j'eus à supporter une autre infortune, que votre merveilleuse raison me le pardonne ! mais à laquelle je n'avais pas encore songé : en un mot, c'était la faim !... oui, la faim ; oui, et j'étais dans la fleur de l'âge, rempli de vie et de force... La situation était nouvelle pour moi, et j'achevai de sortir tout d'un coup de l'engourdissement d'esprit où j'étais encore ; mais ce fut pour sentir plus vivement toute l'étendue de mes maux. Une exaltation inexprimable s'empara de moi; ma bouche exhalait sans mesure mille discours incohérents. Je m'en prenais à tout ; j'interpellais le siècle, la société; je demandais compte au monde entier de mon isolement, de ma misère... Hélas ! le mal était incurable ; il était en moi-même, et c'était en vain que je criais grâce. Cependant, par quelles combinaisons fatales étais-je arrivé là? Mais je ne veux point recommencer de vaines plaintes ; il me faut tout mon calme pour continuer ma bizarre histoire.

Tout ce qui m'entourait me semblait réuni pour exciter mes angoisses. Il n'y avait pas jusqu'au temps, sombre et froid ce jour-là, qui ne vint ajouter sa chagrine influence à mes funèbres pensées. Vous le dirai-je, enfin? Je sortis de chez moi avec l'intention de n'y jamais rentrer... J'étais armé et décidé à me laisser aller au premier mouvement de désespoir qui s'emparerait de mon faible cerveau. Je quittai donc, pour n'y plus revenir, la triste maison que j'habitais dans le quartier latin, et où vous vintes un jour me visiter, Léonce ! et ayant traversé la ville d'un pas rapide et distrait, je me trouvai bientôt au milieu de la campagne.

Mais où étais-je ? quelle direction avaient suivi mes pas ? C'est ce que je n'aurais su dire. Cependant j'avançais toujours, poussé par la fièvre qui m'animait, et je ne m'arrêtai que lorsque, ayant atteint un endroit agreste et boisé, ma marche se trouva tout-à-coup entravée par les rochers et les épais taillis qui obstruaient le lieu où je me trouvais. A quelque distance de là s'élevait une magnifique habitation dont je ne pouvais apercevoir que le faîte, mais qui semblait réunir toutes les merveilles de l'art et du luxe. C'est ici, me dis-je, qu'il faut m'arrêter ; c'est auprès de cette somptueuse demeure que je veux me donner la mort... Mes tristes restes, étendus sous leurs yeux, protesteront du moins contre la superbe insolence de ces riches orgueilleux. Alors je charge mes armes ; mais le cœur me manque, et, faible et lâche, je me laisse tomber sur la terre humide. Je parcourus du regard tous les objets qui s'offraient à ma vue ; les sombres nuages qui voilaient le ciel s'étaient dissipés, et le soleil couchant brillait sur la campagne. Le vent, qui s'élevait, bruyait dans les arbres, mais son souffle me fit frissonner... Cet endroit ressemblait à l'étroite vallée où se trouve situé le cimetière de la petite ville de Q... Je me figurai entendre le vent agiter le sombre feuillage qui abrite maintenant la tombe de celle qui m'a vainement attendu... Lâche ! m'écriai-je, et le son de ma propre voix me fit rougir. O Léonce ! je saisis l'arme meurtrière ; j'ajuste mon faible cœur ; le coup part ; mais je reste debout, je ne suis point atteint... Une sueur glacée coule de tous mes membres ; il me faut recommencer !... Toute l'ardeur du défi anime mon âme ulcérée, et c'est d'une main ferme que je veux achever

mon œuvre. O miracle ! Léonce, le coup ne partit pas.
Cette fois, une sueur brûlante inonde mes flancs, ma
vue se trouble, tout se confond, et je perds tout sentiment de la vie.

Que se passa-t-il ensuite? Je l'ignore, mais bien des jours
s'écoulèrent sans doute pendant cet état d'insensibilité,
car, lorque je revins à moi, le printemps brillait dans
toute sa splendeur. J'étais mollement étendu sur une
couche élégante, dans une chambre richement ornée.
Un grand laquais, qui paraissait avoir été placé là pour
me veiller, dormait profondément sur son siège. La fenêtre était ouverte : elle donnait sur des jardins qui dominaient une vue immense, et un soleil brillant éclai-
rait la tiède matinée qui commençait. La voix pure et
fraîche d'un enfant faisait entendre sous ma fenêtre un
air mélancolique, et le chant capricieux des oiseaux,
qui traversait l'espace, éclatait par intervalles. Mes
organes affaiblis ne me rendaient que vaguement tous
ces bruits et tous ces aspects, et cependant, Léonce,
je ne puis vous peindre le charme de ce réveil. Il semblait que j'eusse perdu la mémoire du passé, et qu'une
vie nouvelle commençât pour moi. Cependant, peu à
peu, de sombres souvenirs vinrent s'emparer de mon
pauvre cerveau, et, trop faible encore pour résister
à de telles pensées, je retombai dans un long assoupis-
sement.

Lorsque je me réveillai, mon gardien endormi n'était
plus là, mais deux autres personnages l'avaient rem-
placé. C'étaient des vieillards. Le moins âgé des deux était
assis près de mon lit ; il me tenait le bras ; et quand
j'ouvris les yeux, il me regarda avec un mélange d'ironie et de bienveillance qui m'embarrassa et me fit légèrement rougir.

— Allons, allons, jeune homme, me dit-il, vous avez
bien fait de vous manquer, la vie est profondément en-
racinée en vous ; vive Dieu ! vous êtes revenu de loin.

L'autre vieillard, plus éloigné de moi, me considé-
rait avec l'attention du renard. La conversation s'éta-
blit, ou pour mieux dire continua sur un sujet qui me
touchait si sensiblement, que j'en éprouvais un malaise
affreux, insoutenable. Ces deux inexorables hommes,
sans daigner s'apercevoir de la torture que j'endurais
et des douloureuses exclamations que je laissais échapper, s'entretenaient tranquillement de ma catastrophe,
qui leur servait de texte pour couvrir de ridicule l'insi-
gne folie qui pousse si souvent la jeunesse au suicide.

— C'est par pure ostentation de sentiment, disait
brusquement celui qui paraissait être le docteur.

— C'est l'inévitable déception d'une vanité ambitieuse
que l'on n'a pu satisfaire, murmurait sèchement le plus
âgé de ces deux hommes. Que veulent-ils nous prouver,
ces philosophes nouveaux, en tranchant ainsi leur sotte
vie ? Pensent-ils nous faire regretter les rares facultés
que le désespoir et la mort nous ravissent peut-être ? La
solution du problème serait par trop facile, vraiment.
Quand on se croit tellement supérieur aux autres, on le
prouve et l'on ne se tue pas.

Léonce ! j'aurais voulu battre cet homme ; et je fus
soulagé d'un poids énorme lorsque je vis les deux vieillards se lever et sortir.

Pourquoi cet homme m'avait-il secouru, puisqu'il a
une si mauvaise opinion des souffrances humaines ? J'ai
cru le deviner plus tard, bien qu'il soit encore pour
moi inexplicable sur beaucoup de points. Quant à moi,
après plusieurs jours d'extrême faiblesse, je pus enfin

sortir de la maison et jouir du magnifique aspect de cette nature qui semblait renaître pour moi. Je renaissais, aussi, Léonce ; je prenais possession d'une nouvelle existence, mais bien différente de celle que j'avais failli anéantir par un crime. Cette vie passée, si pénible, si tourmentée, ne m'apparaissait plus qu'à travers le vague d'un souvenir à moitié effacé, et tous ces griefs contre le sort, tous ces sujets de haines qui avaient assiégé mon cœur, n'excitaient même plus ma colère, car l'espérance était revenue, et je m'abandonnais de nouveau à tous ses charmes décevants. Eh ! pourquoi n'aurais-je pas cru au nouvel appât qu'elle me faisait entrevoir ? Qui pouvait m'empêcher d'obtenir une part de tous ces biens dont je jouissais depuis mon retour à la vie ? Quelque chose me disait que leur possession n'est pas aussi difficile à acquérir que nous nous le figurons dans la susceptibilité de notre faux orgueil. O Léonce ! il faut avoir enduré toutes les privations de la vie, toutes ses humiliations pour comprendre de quel prix sont, aux yeux du malheureux, ces biens qui ont le pouvoir de l'affranchir du besoin et de la dépendance. Aujourd'hui la misère, comparée aux nombreuses jouissances de la fortune, peut être considérée comme une servitude nouvelle. L'humilité et la patience ont disparu avec ce qui en faisait une vertu, et nous sommes sans force contre des maux dont nous savons bien que nul ne nous tient compte. Mon ami, votre subtil esprit peut décomposer le problème et le reconstruire de cent façons diverses ; il y a, dans l'avidité fiévreuse qui nous pousse, un mobile plus fort que notre raison même. Revenons à mon récit.

Le temps s'écoulait, et cependant ma nonchalance

d'esprit était telle que j'oubliais qu'il fût de mon devoir de m'informer enfin de quelle manière je pouvais
reconnaître honorablement le bienfait que j'avais reçu.
Le bienfait! oui, Léonce, je regardais alors la manière
dont j'avais été sauvé comme un bienfait. Celui à qui
je devais ce bon office, me tira de mon apathie. Il vint
me trouver un jour, et fixant sur moi ses regards de
basilic, il me demanda, sans autre préambule, ce que
je comptais faire. Ce que je comptais faire, bon Dieu!
le savais-je! Je demeurai anéanti sous son regard, hon-
teux d'avoir été prévenu par lui. Il fallait pourtant lui
apprendre combien j'étais dépourvu de ressources; il
fallait surmonter l'embarras que me cause toujours sa
présence; enfin, après un violent effort sur moi-même,
après avoir essuyé mon front mouillé de sueur, je me
hasardai à lui faire la confidence de ma misère. Monsieur, lui dis-je, ce n'est point un vain désespoir qui
m'a conduit à une aussi fatale détermination. J'y ai été
amené par un concours de circonstances inouïes. Vous
qui avez longtemps vécu, Monsieur, ne savez-vous pas
combien il existe de pénibles contrastes entre nos jeunes années, si riches d'espérances et d'illusions, et la
triste réalité? Nous ne sommes pas tous doués de la
force nécessaire pour supporter tant d'amères déceptions; ou plutôt, je crois que les charges ne sont pas
égales pour tous, et qu'elles deviennent souvent, pour
quelques-uns, trop accablantes. Quant à moi, ma part
a été bien lourde; mes forces n'ont pu y suffire. Hélas!
Monsieur, vous savez... Je m'arrêtai haletant, mais le
vieillard resta cruellement impassible, et ne prononça
pas un mot pour m'aider à poursuivre. Enfin, plus fatigué encore de ce silence que de mon malheureux dis-

cours, je continuai : Grâce à vous, Monsieur, je possède encore toutes les facultés de la vie, et avec un peu
plus de sagesse peut-être qu'auparavant... Cette existence que j'ai voulu détruire, lorsqu'elle n'appartenait
qu'à moi, je saurai l'utiliser maintenant qu'elle est tout
à vous. Vous avez de vastes domaines, des relations
nombreuses ; j'ai quelque intelligence, bien que vous
ayez le droit d'en douter ; je mets tous mes faibles
moyens à votre service ; que ne puis-je reconnaître au-
trement... Je fus interrompu par un amer éclat de rire
que laissa échapper celui qui m'écoutait. Il a le secret
de vous déconcerter avec une révoltante ironie ; et je
ne sais comment il se fait que l'on tienne si fortement à
l'opinion que peut avoir de nous son infernal esprit.
Eh ! jeune homme, me dit-il, on a en soi plus de moyens
qu'on ne pense ; il ne s'agit que de vouloir les mettre
en action ; d'apprendre de ceux qui ont étudié toutes
choses à diriger ces moyens vers un but certain, et de
se fier à leur expérience pour faire tourner à son profit
les chances de la fortune. Je crois que jusqu'à présent
vous n'avez été ni adroit, ni heureux, si je dois en juger
par la fin de vos sublimes entreprises (et il se remit à
rire !) Sur quoi avez-vous fixé vos regards pour vous
diriger ? Quel a été le but de votre ambition ? Sans doute
vous avez voulu être tribun, apôtre, prophète, que
sais-je ? Et vous vous êtes désolé, en voyant l'incrédulité de notre siècle ? Chimères que tout cela ! Que les
hommes comprennent mal leurs véritables intérêts ! Il
existe tant de moyens de fixer le sort ! Écoutez-moi ; est-
ce de bonne foi que vous offrez de vous mettre à ma disposition ? Si je vous adresse cette question, c'est parce
que j'ai besoin que votre volonté soit inébranlable et

votre abnégation entière, pour vous associer à mes travaux. Songez que nous ne sommes pas toujours les maîtres de l'événement, et qu'il faut savoir accepter ce qu'on ne peut empêcher. Aujourd'hui , un caractère fortement trempé sur un modèle d'autrefois, n'est plus de saison, et il faut savoir tourner un écueil qu'on ne peut surmonter. Il ne s'agit plus de savoir affronter héroïquement les mesquines souffrances d'un dévouement inutile , ce dont personne ne vous tient plus compte. Le siècle est prodigue de ses faveurs ; il n'en est avare pour personne ; c'est donc au plus adroit à passer par–dessus les autres, s'il ne veut pas être dépassé lui-même. Consultez-vous donc : de vastes combinaisons diplomatiques m'occupent en ce moment, et rendent ma présence nécessaire dans plusieurs contrées de l'Europe ; j'ai besoin d'un aide, mais d'un aide docile. Réfléchissez : voyez si vous êtes déterminé à vous abandonner à moi, ou si vous voulez tenter de nouveau une destinée fort chanceuse : mais que votre décision soit prompte ; je l'attends. A ces mots, le vieux diplomate sortit du pas inégal et rampant qui lui est habituel.

Advienne que pourra, Léonce, j'ai signé le pacte. Quelques jours après, les chevaux agiles de mon illustre patron nous entraînaient vers le lieu où devaient commencer les opérations. Le voyage fut rapide, et au bout de quelques heures d'une heureuse traversée, nous touchâmes le rivage de la brumeuse Albion. C'est là que j'assistai pour la première fois aux ténébreuses conférences de ces maîtres du monde. Mais je dois interrompre ce récit, et vous trouverez bon que je jette un voile sur cette scène ; quelque intéressante qu'elle puisse être pour vous ; cependant j'éprouve le besoin de vous avouer qu'elle a laissé en moi comme une sorte de remords, car la loyauté n'a pas dicté tous les actes de ce congrès. Mais de quoi m'occupé-je ? En vérité, quand j'y songe sérieusement, je me demande de quel poids eût été mon opinion, et ma conscience se rassure. Et puis, ne suis-je pas forcé de croire à chaque instant aux axiomes du vieux pontife politique dont je suis la fortune ? Il a raison, Léonce ; il y a folie à vouloir arrêter le courant qui vous entraîne malgré vous ; l'habileté consiste à savoir profiter des circonstances.

Vous parlerai-je de ces contrées que j'ai parcourues ? Vous dirai-je quelle prestigieuse influence ce voyage a produit sur mon esprit ? Oh! combien ce contact permanent des hommes et des choses, change le cours de nos idées ! Combien il altère la pureté de nos principes! mais pourquoi donc aussi existe-t-il une telle dissemblance entre la théorie et la pratique ? Que de fois le vertige s'est emparé de moi, en cherchant à sonder la profondeur de cet abîme !

Depuis que je suis de retour, je me laisse vivre nonchalamment et sans chercher à me rappeler le passé. Plusieurs fois mon souvenir s'est reporté sur les dernières années de ma pénible jeunesse, et il s'en est éloigné avec un indicible effroi. Mais quand je reviens sur mes plus jeunes années, mon cœur souffre et se serre... Car ce temps, cet heureux temps a disparu pour jamais. C'est vers ce point de départ que l'on tourne toujours sa vue ; comme le voyageur que des brises inconstantes ont conduit sous d'orageuses latitudes, fixe ses yeux avec regret sur le port qu'il a quitté. Et cependant, pourquoi regretter ainsi les jours qui ne sont

plus ? Que sont-ils pour nous autre chose que des rêves
évanouis, dont nous ne gardons pas même le souvenir? Adieu, Léonce. Hélas! vous êtes donc venu, vous
m'avez donc cherché? Quand vous reverrai-je?

IV.

LÉONCE A SAMARITE.

En croirai-je mes yeux? Cette lettre est-elle bien
de vous? Est-ce à cela que devait aboutir votre aveugle mais généreuse ambition? Car je ne m'abuse point
sur votre manière d'envisager les choses. Je vois en
vous le triste résultat de l'exagération qui vous a poussé
jusqu'à ce jour. Je vois une volonté vacillante qui se
laisse fatalement entraîner, sous prétexte qu'elle ne
peut rien opposer au destin. Cette excuse est des plus
banales, et vous n'en êtes pas l'inventeur. Mais c'est
un système par trop commode que celui qui permet à
chacun de se dépouiller de sa propre personnalité pour
rejeter la conséquence de ses actes sur ce que vous appelez le *milieu social*. Je me demande souvent si c'est
réellement une maladie particulière à notre époque, ou
bien si ce n'est pas l'éternelle vanité de l'homme qui le
pousse à accuser tout un monde des faiblesses de son

triste cœur. Riez tant qu'il vous plaira de la sévérité
de ma philosophie ; mais vous devriez le reconnaître
mieux que personne; nous ne voulons jamais être res-
ponsables de nos folies; aujourd'hui moins que jamais,
peut-être. On s'est fait une sorte de marotte qui dis-
pense des obligations les plus sacrées, et à l'aide de laquelle on explique toutes choses. Un sectateur quelcon-
que prend la parole et vous dit : L'homme n'est rien,
car sa volonté n'est pas libre ; elle est constamment
maîtrisée par le *milieu* despotique où elle est enfer-
mée. Et de ce principe, vrai sous un certain point, on
fait découler une multitude de sophismes dont quelques-uns sont subversifs de toute morale. Tous les
crimes, physiques ou moraux, s'expliquent ainsi avec
une sécheresse désolante. L'assassin est un homme que
la société a rebuté, et qui se venge de son manque de
protection; bien qu'il soit prouvé que l'homme n'est rien
et que la société est tout. Celui qui porte atteinte aux
principes les plus sacrés est excusé par cette excellente
raison qu'il ne lui convient plus de les reconnaître in-
faillibles, et qu'il se croit le droit de les trouver tyran-
niques dès qu'ils gênent le plus infime de ses penchants. Hélas ! bon Dieu ! où donc poser le pied pour
ne pas trébucher ? où trouver encore quelque chose de
sacré dans ce monde ? Il y a, certes, de graves questions cachées sous toutes ces extravagances; mais ceux
qui prennent un pareil chemin pour les résoudre, ressemblent beaucoup à cet ours maladroit qui, voulant
empêcher une mouche de tourmenter son maître endormi, ne trouva rien de mieux que de lui lancer une
pierre qui tua le dormeur. Vous êtes, mon pauvre Samarite, le type parfait de toutes ces inconséquences.

Permettez-moi de revenir, à mon tour, à ce que vous appelez votre fatale histoire.

Vous êtes né dans un petit bourg situé à l'extrémité de notre France, d'un famille honnête, pauvre et obscure, dont jamais aucun membre n'avait brigué la gloire, sous quelque forme que ce fût ; ce qui ne veut pas dire qu'il vous soit interdit de suivre une carrière plus brillante ; je suis loin de vouloir donner gain de cause à un aussi ridicule préjugé. Vous fûtes élevé par une mère excellente, mais faible, idolâtre de son fils, et qui, incapable de comprendre votre ambition, n'en fit pas moins d'incroyables efforts pour faciliter l'exécution de vos projets. Vous possédiez un cœur généreux, ardent et sensible, comme tous les hommes bien nés, à quelque classe qu'ils appartiennent , et un esprit avide de savoir. On s'étonna de trouver ces dispositions chez un enfant de condition commune, comme si vous étiez le premier, et chacun s'empressa de vous prédire une destinée glorieuse. J'ai peu de confiance dans cette manie des prédictions ; mais c'est la fureur du jour, et nous avons, pour justifier cette folie, des exemples nombreux et éclatants. Nous avons aussi une faculté merveilleuse pour donner à ces exemples une application qui flatte notre vanité.

Il me semble que l'on fait trop bon marché des exemples ; et savez-vous comment on les interprète le plus souvent? Eh bien ! tel qui est sérieusement fou, croit l'être à la manière de quelque grand homme dont il a lu l'histoire. Il lui ressemble par quelques bizarreries , par quelques misères qui rapprochent toujours les plus grands de leur pauvre espèce ; alors il s'étonne que le siècle ne retentisse pas de son nom, et que ses contem-

porains ne lui dressent pas des autels par reconnaissance de ce qu'il est *capable de faire*. Combien avons-
nous de ces sortes de maniaques, Samarite? Mais je
m'écarte de mon sujet, car vous n'aviez pas cette folie ;
vous subissiez pour ainsi dire son influence sans y par-
ticiper ; on vous montra un but qui, peut-être, n'était
pas celui vers lequel vous dussiez vous diriger ; est-il
étonnant que vous vous soyez égaré sur le chemin qui
devait vous y conduire ? Car il ne s'agissait pas pour
vous d'une simple méprise de vocation : une ambition
plus noble vous faisait agir, et je ne suis pas, à cet
égard du moins, quoique vous en disiez, de l'avis de
votre vieux curé que tout élan épouvante. Mais une
chûte devait vous attendre en outrepassant le but, car
telle est la misère de notre esprit que nous ne savons
combattre un extrême qu'en y opposant un extrême
nouveau. Dès lors votre coursier avait la bride sur le
cou, et vous avez chevauché avec un emportement bru-
tal à travers les sentiers les plus scabreux, les plus épi-
neux ; emportant parfois quelque rameau du chemin et
y laissant aussi quelque peu de votre pauvre toison !...

Vous étiez d'une curiosité désolante à l'endroit du
cœur humain ; vous vouliez décomposer et analyser tous
les sentiments, toutes les passions, et, le plus souvent,
l'expérience vous coûtait cher.

Un jour, par exemple, il vous prit envie d'aimer
d'amour ; non pas que vous fussiez amoureux le moins
du monde, votre cœur n'y était pour rien ; mais vous
vouliez faire de ce sentiment ce que vous aviez fait im-
prudemment de tous ceux de votre cœur honnête et
sensible : de systématiques et malencontreux essais.
Aussi, ne fut-ce pas ce charme irrésistible qui nous at-

4

tire vers ce que nous croyons être la réalisation d'un idéal longtemps rêvé, qui détermine notre passion, si l'on peut lui donner ce nom. Ce ne fut pas non plus ce que nous cherchons toujours et ce que nous ne trouvons jamais; je veux dire la perfection que nous croyons trouver dans cet idéal. Fi! de ces préjugés rebattus! Vous vouliez un ange déchu!... un être sur lequel le souffle des passions se fut agité avec violence! Vous ne compreniez pas que l'on pût désirer dans l'objet aimé la candeur primitive et touchante de la femme; je sais qu'il est des préjugés iniques qu'il faut savoir combattre dans certaines ciconstances; mais vous vouliez payer d'exemple, sans que rien dans votre objet fût digne de ce dévouement. Aussi, qu'arriva-t-il? Un beau jour l'ange déchu tomba plus bas encore... Cette nouvelle chûte n'avait été provoquée par rien qui la justifiât, me dites-vous alors; l'ange avait suivi tout naturellement la pente glissante où il s'était engagé depuis longtemps... Je me rappelle encore votre foudroyante colère à cette nouvelle qui, du reste, vous servit de texte pour attaquer le plus sacré des liens; lien fondé sur le sentiment le plus profond, le plus fragile, le plus libre, le plus dépendant, le plus capricieux, mais le plus immuable au milieu de ses mille caprices. Mais vous étiez passé maître dans l'art de nous montrer les difformités du cœur et de l'esprit humain, comme étant leur état normal. Oh! ce n'est pas de ce misérable côté qu'il faut étudier leur nature; le mystère est assez profond, sans qu'on cherche à le rendre plus inexplicable encore!

Enfin, cette voie si fausse où vous étiez engagé, avait un terme, et vous y arrivâtes tout meurtri de la lutte que vous aviez soutenue. Il vient un temps où il faut dire adieu aux rêves dorés qui nous ont bercés, et notre réveil est plus ou moins douloureux, suivant que nos songes ont été plus ou moins tranquilles, décevants ou pénibles. Le vôtre fut pour vous une véritable catastrophe; car il y avait réellement en vous de généreux instincts qui furent détruits en même temps que vos illusions.

Aussi, où ce réveil vous a-t-il conduit?... Toutes les générations ont eu leur travail de transition à accomplir; mais il semble que la nôtre soit arrivée à une époque plus laborieuse et plus pénible, où tout se trouve remis en question, et que nous soyons trop faibles et trop chétifs pour supporter cette grande initiation à de nouvelles destinées. Je ne connais rien de plus effrayant que cette insouciance morale; c'est l'indice le plus certain de la corruption des mœurs.

Quittez votre vieux diplomate; c'est un mauvais inspirateur qui ne vous convient nullement, dans la situation où vous vous trouvez en ce moment. Que croyez-vous donc lui devoir? N'avez-vous pas servi d'étude psycologique à son esprit observateur et pervers? Il doit se trouver largement payé de ses soins ironiques. Venez, venez ici; faut-il que j'aille vous chercher encore? Mais où vous trouverai-je; en quel lieu serez-vous alors, esprit vagabond? Venez plutôt vous-même; nous prendrons ici tout le temps nécessaire pour apaiser votre esprit malade.

V.

SAMARITE A LÉONCE.

Que vous êtes raisonnable, mon cher Léonce ! comme vous avez savamment découvert tous les côtés faibles de ma pauvre histoire ! Vous avez beau jeu, noble penseur, vous qui, fièrement accoudé sur un coin du monde, regardez passer ses chétifs habitants sans daigner partager leurs destins. Mais, si vous êtes savant et raisonnable, que vous êtes peu indulgent pour ceux qui luttent au milieu de ses innombrables dédales ! Je voudrais bien vous y voir, avec votre raison supérieure et vos sages maximes ! Oh ! croyez-moi, les plus prudents s'y égarent ; ayez plus pitié de ceux que la fatigue arrête en chemin.

D'ailleurs n'est-ce donc qu'une vaine folie que cette avidité qui nous pousse sans cesse à la recherche de ce bien que vous dites imaginaire ? Non, c'est une aspiration dont la Providence nous a doués ; c'est une belle curiosité qui devrait être féconde, si la plupart d'entre-nous ne s'effrayaient, comme des enfants routiniers des résultats de ces généreuses explorations.

Blâmez tant qu'il vous plaira les moyens qu'emploient ces audacieux explorateurs ; criez de toute la

force de vos poumons pour rappeler ceux qui se ha-
sardent à travers ces chemins inconnus et dangéreux
peut-être; il y aura toujours de ces esprits indociles ;
et toute votre raison ne pourra jamais les persuader ni
les retenir. Hélas ! de quelque côté que j'envisage la
question, j'y retrouve toujours une page de ma vie !
Je ressemble à ces malades monotones qui reviennent
sans cesse sur leur mal. Et moi aussi j'ai été un de
ces avides chercheurs ; mais je n'ai rien trouvé....
Pourquoi, Léonce ?... Je sais d'avance votre réponse
par cœur, mon cher ami ; nous nous fourvoyons, n'est-
ce pas ? nous courons comme des écoliers imprévoyants
après la première chimère qui se présente à notre
esprit sans songer où nous allons, et sans songer à
nous précautionner de ce qui pourrait aider à nous
orienter. Votre prudence est merveilleuse, Léonce !
Quant à moi, lorsque j'ai voulu raisonner aussi, chercher la cause de tous mes mécomptes, je n'ai pas eu
votre calme, la tête m'a tourné.

Je me suis d'abord accusé d'avoir été moi-même la
cause de la triste fin à laquelle j'étais arrivé, et puis
je me suis mis à blasphémer contre le sort, parce que
c'est la mode, et enfin, à m'accommoder de tout, parce
que c'est la mode aussi ; mais celle-ci est beaucoup
plus raisonnable, et je m'y tiens. Et, en vérité, il y
aurait de l'ingratitude à se fâcher contre le sort, lorsque enfin il se fait bon diable. Car, Léonce, malgré
tout ce que vous pourrez dire, je ne vois pas pourquoi
cette nouvelle existence ne me conviendrait point. Elle
n'a rien de bien édifiant, j'en conviens ; mais après
quoi voulez-vous que je coure encore, quand il m'est
si facile de rester en place ? Je suis si las, mon pauvre

ami ! Laissez-moi reprendre haleine, et accordez-moi
de ne me plus parler raison de quelque temps ; après
quoi nous reprendrons la morale où nous l'aurons laissée ; mais tâchez de vous le rappeler, car ce n'est pas
moi qui saurai vous dire où nous en sommes restés.

. Je vous le répète, rien n'est plus inoffensif ni moins
fatiguant que la vie que je mène. Je ne sais pas encore
si mon emploi exigera plus de travail ; mais, comme
vous le dites, en attendant je me laisse aller. Je bois,
mange, dors, me promène et fais la conversation avec
le marquis, et cette dernière besogne, car on peut lui
donner ce nom, n'est pas toujours la plus agréable.
Nous voyons quelquefois le vieux docteur Germance qui
prétend m'avoir sauvé la vie, et qui me couve des yeux
comme une preuve vivante de l'infaillibilité de sa science.
Ce pauvre homme est une espèce d'immobilisation morale du passé, toujours en querelle avec le diplomate,
qui a le talent, lui, d'oublier le passé très-vite. Il est
le tuteur, le père d'adoption d'une riche orpheline qui
habite près d'ici le domaine paternel. Ce domaine est
une veille forteresse en ruines, où le tuteur et la pupille conservent religieusement, mais à grand peine, le
dernier pan habitable de cette masure. J'ai eu l'occasion de voir le tout, ruines et gens, lorsque je suis
allé, avant mon départ, remercier le docteur de ses
soins. La pupille est une belle fille, grande, belle et
blonde, mais d'une sauvagerie singulière ; je crois
qu'elle se serait volontiers enfuie quand je suis entré.
J'étais accompagné du marquis, et les deux méchants
vieillards ne manquèrent pas de revenir sans pitié sur
ma triste aventure. J'étais furieux d'être l'objet de leurs
sarcasmes, et surtout devant cette jeune fille, laquelle

me regardait avec une curiosité mêlée d'effroi qui augmentait encore ma colère. Je ne sais ce qui m'a retenu,
et comment j'ai pu garder mon impassibilité jusqu'au
bout.

Voilà à quoi se borne notre voisinage. Vous le voyez,
la société qui m'entoure ne peut avoir pour moi que
fort peu d'attrait; et ma paresse d'esprit me préserve
très-heureusement de l'ennui qui m'aurait assailli au
milieu de cette nouvelle existence. Oui, mon indolence
est incroyable et m'étonne moi-même. Je me demande
parfois si j'ai bien réellement recouvré la vie, et si je
ne suis pas une ombre insensible, oubliée dans ce monde où je n'ai plus la volonté ni la liberté d'agir. J'ai
beau rappeler mes plus douloureux souvenirs pour tâ-
cher d'émouvoir mon cœur : il me semble mort... Enfin, j'ai cherché et j'ai retouvé l'endroit où... Qui jamais, à ma place, aurait songé à revoir ce lieu? Eh
bien! Je l'ai revu, j'y suis arrivé par le même chemin
que le jour où le hasard m'y a conduit ; je me suis posé
dans l'attitude que je devais avoir lorsque je m'y lais-
sai tomber désespéré, j'ai examiné les uns après
les autres tous les objets qui m'environnaient, comme je l'avais fait alors ; j'ai revu le faîte de cette
riche demeure que j'avais aperçue et qui n'est autre
que celle que j'habite aujourd'hui. J'ai souri en songeant à la ridicule colère que son aspect avait fait
naître en moi dans ce triste moment. Oui, j'ai souri,
j'ai pu sourire, car ce souvenir même n'a rien produit
sur moi, si ce n'est l'étonnement d'avoir pu jamais en
venir là..... Comme notre capricieux esprit s'abandonne aux mobiles influences de tous les hasards ! je me
suis rappelé la fatale analogie du temps avec les pensées

qui m'avaient agité le jour de mon funeste projet. Ce
vent si glacial et grondant sans cesse ; ce ciel noir et
bas ; la bruyante confusion des éléments ; l'orage qui
s'annonçait ; tout me semblait vouloir se confondre et
s'abîmer sur la terre, parce que moi, Samarite, ché-
tif rêveur, ne pouvant plus supporter le fardeau qui
m'était imposé, j'avais résolu de le laisser en chemin et
de m'enfuir. Quelle différence ! Quand je revins calme
et oisif, revoir cet endroit isolé, le temps était doux,
l'air était tranquille, et le soleil d'une éclatante pureté.
Je contemplai avec insouciance tout ce qui m'entourait,
et après avoir écouté longtemps les mille bruits imper-
ceptibles de ce profond silence, la première chose qui
me revint à l'esprit fut la philosophie de celui qui est
aujourd'hui mon maître. Tout change, me dis-je, le ciel
même et la terre ; et l'orgueil de l'homme s'étonne lorsque le souffle capricieux du destin renverse ses fragiles
projets, ou les fait tourner dans un sens contraire au
but qu'il ambitionnait. Que faire donc pour lutter avec
un adversaire aussi impérieux ? saisir avec habileté les
circonstances et savoir les mettre à profit. Voilà le grand
secret de cet homme si adroit.

Allons, mon cher, ne faites pas cette mine allongée
que je connais si bien et que je vois d'ici ; tout n'est
pas perdu ; qui sait ? Je suis peut-être destiné à pos-
séder un jour des vertus bien supérieures à celles que
vous me faites l'amitié de regretter en moi. Cette pesanteur calme et insensible qui accable mon esprit, a
peut-être quelque analogie avec cette immobilité absorbante de l'air qui précède l'orage, et qui fait désirer
que le feu du ciel tombe enfin pour renouveler l'atmosphère en la purifiant... Je suis sûr que vous déses-

pérez de moi, et que vous êtes bien éloigné de croire
à un évènement aussi favorable pour mon pauvre in-
dividu. A la grâce de Dieu ! je ne le cherche ni ne le
désire ; et je vous prie de ne point chercher à appro-
fondir le mystère de ma situation intellectuelle ; je n'y
tiens nullement. Mais je tiens toujours à vous, plus
que jamais ; ne m'abandonnez donc pas à ma stupide
insouciance, mon cher philosophe, car j'aimerais encore mieux votre morale que votre silence. Malgré
cette inertie apparente, il me semble que j'ai plus besoin de votre amitié que de la sévère raison dont vous
vous êtes armé tant de fois pour relever mon courage
abattu. Adieu, j'attends de vous une indulgente mis-
sive ; comment vous y prendrez-vous, homme terrible !

VI.

SAVINIE A DIANE.

Quoi ! six mois ! il faudra désormais que six mois
s'écoulent avant que je ne reçoive une réponse de
vous ? et tout cela pour avoir quelques lignes de votre
écriture ; c'était un simple billet que vous m'envoyiez
de deux mille lieues d'ici !

Je dois certainement renoncer à la relation de votre

5

voyage, car il est probable que vous recevrez cette
lettre : et c'est à moi que vous demandez des détails !
à moi, pauvre recluse, qui ne vois pas quatre figures
nouvelles par année, hélas ! vous le savez, ici les
jours se suivent et se ressemblent, calmes, réguliers
comme une chose arrangée d'avance, et qui l'est en
effet, grâce au dieu de ce séjour, mon vieux et rigide
tuteur. Ainsi donc, à moins que de vous tenir au courant de toutes les extravagances de ce qu'on appelle *la
folle du logis*, je ne vois pas ce que je pourrais vous
raconter ; et cependant, Diane, convenez que cette
régularité, dont vous vous moquez si fort, a son charme, et un certain avantage sur votre intérieur mo-
derne, dans lequel on ne sait jamais où l'on en est du
temps, et où tout se passe avec le désordre d'un mauvais rêve. Ici, du moins, si l'ennui vous prend, eh
bien ! on sait que ce sera de telle heure à telle heure,
et qu'après ce temps-là il doit infailliblement changer
d'aspect. C'est quelque chose, je vous assure, que
cette certitude. Je m'arrête ; je ne veux plus parler des
manies de mon bon Germance, car je sens que je fini-
rais par vous imiter.

Quand je dis qu'il ne se passe ici rien de nouveau,
j'oublie que nous avons eu presque un événement quelque temps après notre départ. Voici ce qui est arrivé :

C'était le soir. Nous étions, mon tuteur et moi, assis
auprès du feu, écoutant, très silencieux, l'un et l'autre,
le bruit violent d'un orage qui semblait vouloir abattre
notre vieille habitation. Tout-à-coup le tonnerre éclata
avec force ; le vent, qui soufflait par rafales, ouvrit
spontanément la porte et la fenêtre, et un homme apparut au milieu de la chambre. Notre premier mouve-

ment fut de nous rapprocher l'un de l'autre ; mais nous
reconnûmes bientôt en lui un des domestiques du marquis de T..., notre voisin, effaré, mouillé par l'orage,
et que son empressement avait amené jusqu'à nous ,
avant qu'il ne fût annoncé. Il venait réclamer les
soins de M. Germance pour un étranger que son
maître avait recueilli chez lui. La soirée était déjà
avancée, et mon tuteur se souciait peu de sortir
par un pareil temps. Il questionna le domestique, qui
lui apprit que cet homme avait été trouvé sans connais-
sance à quelque distance du château , et que depuis
plusieurs heures tous leurs soins avaient été inutiles
pour le rappeler à la vie. Après quelque hésitation ,
l'humanité de mon tuteur l'emporta, et ayant pris toutes
ses précautions contre l'humidité de la nuit, il partit.

Les événements sont si rares, ici, que je me sentis
une vive curiosité de connaître celui-ci, et j'attendis
M. Germance , qui ne rentra que vers le milieu de la
nuit. D'abord, il me gronda d'avoir veillé si tard, puis
il finit par me raconter ce qu'il avait appris, concernant
l'inconnu à qui il venait de donner ses soins. Cet homme
avait été trouvé sans vie et transporté par les gens du
marquis , que le hasard avait conduits vers le lieu désert où il gisait. Des armes étaient près de lui, le sang
coulait avec abondance de ses narines ; tous ces indices
étaient plus que suffisants pour faire supposer un suicide. Toutefois, après un court examen, on put se convaincre qu'il respirait encore, et on le transporta au
château. Là , on l'examina plus attentivement, et l'on
découvrit qu'il n'avait aucune blessure ; mais son état
était des plus alarmants, et l'on se hâta de venir chercher le docteur, qui, après lui avoir donné tous les

soins que réclamait sa position , déclara à son vieux
voisin qu'il y avait peu d'espoir de sauver son hôte inconnu. M. Germance me dit que cet homme était jeune
encore, beau, autant qu'on en pouvait juger au moment
où il le vit ; que sa mise avait une certaine élégance,
et que tout ce qu'on avait trouvé sur lui faisait présu-
mer que le désespoir l'avait amené à un attentat contre
lui-même. Ses armes étaient encore chargées, mais il
était facile de reconnaître qu'il les avait dirigées deux
fois inutilement contre lui-même , car l'amorce seule
avait brûlé.

Cela ne s'explique que trop par le trouble que doit
ressentir celui qui médite un pareil crime. Sa main avait
tremblé en préparant l'arme qui devait lui donner la
mort ; l'infortuné, n'ayant pu mettre fin à son existence, avait été saisi d'un mal subit et violent qui devait, suivant toute apparence, le conduire à la mort
qu'il avait vainement cherchée.

Mon tuteur visita son malade tous les jours ; mais un
grand mois se passa sans qu'il pût concevoir la moindre espérance de guérison. Au bout de ce temps, on
le trouva un beau matin les yeux tout grands ouverts,
et s'étonnant fort de la nouveauté de cet autre monde où
il croyait être.

Sa convalescence fut longue, comme vous devez le
penser, et dès qu'il put se passer des soins du docteur, nous n'entendîmes plus parler que rarement de
Samarite.

Cependant le jour arriva où je devais voir enfin ce
Samarite, dont l'étrange histoire nous avait tant occu-
pés depuis plusieurs mois. Vous dire que j'étais peu cu-
rieuse de le connaître, ce serait mentir, et je sais d'ail-

leurs qu'il est fort difficile de vous donner le change.
Oui, Diane, j'étais impatiente de me trouver en présence
de cet être bizarre ; qu'est-ce que cela a de singulier ?
Depuis que les mystérieuses souffrances de cet infortuné
servaient de texte à tous nos entretiens, je me l'étais
représenté sous mille aspects différents, et je voulais
voir enfin sous quelle forme il allait m'apparaître ; quoi
de plus naturel ? Aussi mon imagination avait si bien
travaillé, que lorsque vint le moment de sa visite, je
fus saisie d'un tel trouble que je faillis perdre conte-
nance.

Ne riez pas, Diane; mais vous savez de quelle étrange sorte de susceptibilité je suis affligée ; vous l'attri-
buez à la vie que je mène, et vous avez raison. En
effet, cette vie qui s'écoule sans cesse en présence des
mêmes objets, me rend tellement sensible au moindre
contact étranger, que j'ai quelquefois honte de moi-
même. Mon tuteur est le plus digne des hommes; mais
son antipathie pour les idées, pour les mœurs de ce
temps-ci, le fait tomber souvent dans un excès aussi
fâcheux que celui qu'il redoute. Vous savez comme
mon caractère se plie aisément au petit despotisme de
l'habitude. Je suis d'une bonne nature, Diane, et je
m'accommode facilement de ce qu'on veut me persuader, quand je vois les bons résultats que cela peut
produire. Est-ce nonchalance ? Est-ce vertu ? c'est ce
que je vous laisse à décider, ma chère frondeuse. Mais
toujours est-il que l'on m'a si souvent répété que la
femme est la reine du foyer domestique; que là est son
empire le plus légitime, et même le seul légitime, me
disait-on (ne vous mettez pas en colère, Diane), que
j'ai fini par me prendre d'une heureuse et sainte affec-

tion pour tout ce qui m'entoure, sans que le moindre sujet de contestation me soit venu dans l'esprit. Mais voyez où m'entraîne le désir de m'expliquer le trouble qu'a produit en moi l'aspect de Samarite. Il parut enfin, Diane! Que vous dirai-je de lui? Je l'ai vu, parfaitement vu, mais je l'ai à peine entendu parler. Ce n'était pas ainsi que mon imagination me l'avait représenté. Je m'étais figuré un être souffrant et malheureux; mais tel n'est pas Samarite. Son air défiant et contenu vous dispose d'abord à la même réserve; mais cette première impression est bientôt effacée par ses manières nobles et avenantes. Il est grand, bien fait, mais un peu trop noir. Il possède une certaine distinction, mais à laquelle se joint, vous le dirai-je? peut-être un peu de fatuité. Enfin, il parle fort peu, ce que j'attribuai à la cruelle malice de mon tuteur, qui ne cessa de ramener la conversation sur son thème favori, c'est-à-dire sur les maladies d'esprit qui, selon lui, prennent chaque jour une plus grande intensité. Il est toujours un peu sévère lorsqu'il s'agit du temps présent.

Il faut convenir que le sujet de la conversation était bien mal choisi, et qu'un pareil acharnement à persifler le malheureux Samarite, était on ne peut plus déplacé. J'étais à la torture! Mais vous savez que M. Germance cède difficilement une fois qu'il est sur ce terrain; aussi son pauvre patient abrégea-t-il sa visite.

Samarite partit quelque jours après pour accompagner le marquis dans un voyage qui dura plus de quatre mois. Nous avons repris depuis longtemps le cours de nos monotones habitudes, et tout est rentré dans l'ordre accoutumé. J'ai appris que Samarite a captivé la bienveillance de son vieux diplomate, et qu'il a su

vaincre son ombrageuse défiance : je ne sais pourquoi
cela m'occupe si désagréablement ; est-ce parce que je
sais combien il faut de souplesse servile pour y parvenir que je regrette de le voir se prêter aux despo-
tiques exigences de cet homme ? Mais de quoi vais-je
m'occuper ? Que m'importe l'intimité qui existe entre
eux ? Je ne puis rien y faire ; eh bien ! malgré cela
je m'indigne qu'il ait gagné si facilement ses bonnes
grâces.

En somme, que dites-vous de cette histoire, Diane ?
vous seriez-vous jamais attendu à rien de pareil ?
Quant à moi, j'avoue qu'elle m'intéresse au dernier
point, et cela ne doit pas vous étonner si vous voulez
bien vous rappeler le caractère et les opinions absolues
de mon tuteur et du diplomate ; joignez à cela ce nouveau personnage non moins curieux, et figurez-vous
toutes les scènes que me rapporte mon tuteur, lorsque
l'esprit encore échauffé, il entre dans le détail de quelque discussion survenue entre eux. D'une part, son
incrédulité railleuse à lui-même, quand on s'avise de
lui parler des progrès du siècle et de la rapidité de sa
marche ; il proteste, lui, avec une aisance superbe,
contre toutes ces *idées*, et soutient qu'il a beau regarder autour de lui, qu'il lui est impossible de s'a-
percevoir qu'on ait changé de place, si ce n'est pour
tomber dans l'ornière du chemin. D'un autre côté, le
scepticisme tranchant du vieux diplomate, qui d'un
mot vous glace et ébranle la conviction la plus affermie,
tant il possède l'art fatal de vous faire douter de toutes
choses. Enfin, ce pauvre Samarite, silencieux comme
une victime résignée. Il est rare que ce dernier émette
son opinion, et c'est toujours d'un ton craintif et em-
barrassé. Pourquoi n'êtes-vous plus là ?

Adieu, ma chère Diane ; à l'avenir ne soyez pas si paresseuse ou si distraite. Pour ce qui est de cette lettre, vous ne vous plaindrez point de son laconisme, je pense; j'écris depuis hier soir, et j'écrirais, je crois, jusqu'à demain, si je ne craignais d'être prise en défaut par mon tuteur, qui rétablirait volontiers chez lui l'ancienne coutume du couvre-feu.

VII.

SAMARITE A LÉONCE.

Le temps s'écoule rapide, inexorable comme toujours, et semble n'oublier que moi dans sa course. Je suis toujours au point où vous m'avez vu il y a plusieurs mois dans ma dernière lettre, à laquelle vous n'avez pas répondu, Léonce. Que vous êtes vain de votre raison! Pourquoi ce froid silence, homme supérieur? Est-ce donc que vous n'avez plus rien à dire, ou bien me croyez-vous tombé trop bas pour mériter même votre blâme? Et pourquoi vouloir me punir par votre silence d'un mal qui est déjà une si triste expiation de cette curiosité inquiète dont vous désapprouvez le mauvais usage?

Vous êtes le seul qui connaissiez mon mal, le seul qui sachiez y porter remède, et vous me délaissez ! Vous ne pouvez comprendre quel effroi inspire la solitude à celui qui n'a plus que des regrets, vous qui possédez une si robuste confiance dans les destinées de notre pauvre espèce ! Quant à moi, cette solitude que je fuis semble vouloir me poursuivre jusqu'au milieu du monde où je me trouve comme étranger. J'ai eu dernièrement l'occasion d'envisager la singularité de ma situation.

Le marquis de T..., donna, il y a quelques jours, une fête somptueuse à laquelle fut conviée l'élite de la société parisienne. Cette demeure splendide que le maître voudrait faire passer pour la retraite d'un sage, fut tout-à-coup transformée en un prestigieux palais de réception. Vous ne pouvez vous faire une idée de la magie de cette fête : ce fut un enchantement continuel durant un jour et une nuit ; je pouvais à peine en croire mes yeux, moi qui avais été témoin de la métamorphose. Eh bien ! l'aspect de toutes ces merveilles n'a pu me distraire de l'isolement qui m'accable. Il semble que mes semblables me sont désormais étrangers. Je ne connaissais personne dans cette foule, et nul ne me connaisssait.

Le maître de la maison m'avait bien présenté comme lui étant intimément, et même officiellement attaché ; ce caractère ne m'avait attiré que la curiosité de certains individus, et, le croiriez-vous ? une sorte d'ironie envieuse de la part de certains autres. Hélas ? Pourquoi me porter envie ? Enfin, toute cette joie n'a pu me tirer de mon apathie, si ce n'est en provoquant chez moi deux idées singulièrement opposées ; d'abord un souvenir de jeunesse, ensuite une telle avidité de richesses et de puissance, que mon esprit ébranlé en demeura confondu lui-même. Je vous parlerai d'abord, Léonce, de

6

ce qui fit renaître en moi ce souvenir d'autrefois si longtemps effacé. Peut-être le charme fugitif qu'il rappelle ,
et qui nous fut commun , plaidera-t-il pour moi auprès
de vous , en mémoire des innocentes et heureuses illusions de ce doux temps de notre vie.

Vous souvient-il , mon ami , de la périlleuse ascen-
sion que nous entreprenions dans le seul but de contempler un instant cette jeune et belle femme dont la
demeure était située si haut dans nos montagnes ? Nous
ne prenions jamais le chemin le plus facile , nous pré-
férions les escarpemens dangereux d'un précipice dont
la profondeur nous donnait le vertige ; le bonheur nous
semblait plus doux après la peine ; et puis , nous pou-
vions de cette manière la voir plus longtemps sans craindre d'être vus nous-mêmes. La singulière jouissance ,
Léonce ! Je ne puis me rappeler précisément le but
que nous cherchions, si toutefois nous avions un but ;
mais après ces sortes de promenades , tout nous semblait plus beau. Nous nous oublions plus longtemps dans
la campagne ; nous rentrions le cœur plus riche d'espérance , et heureux de cette incertitude de l'avenir qui
le rend si attrayant!

Nous apprîmes un jour que cette jeune femme, qui
nous avait si vivement préoccupés, venait d'épouser
un de ses voisins ; que des convenances d'intérêts, de
localités même, avaient formé cette union... Son sort
était donc probablement à jamais fixé dans ce pays solitaire. Et nous, qui dans nos projets extravagants l'a-
vions emmenée si loin , nous demeurâmes frappés
d'étonnement et de dépit à l'idée d'une fin si simple et
si naturelle.

Je ne sais, Léonce, si vos projets, plus modestes

que les miens , furent aussi promptement oubliés ;
mais quant à moi, qui me sentais entraîné dans un tout
autre monde par mes ambitieux désirs, le contraste de
cette monotone existence qui allait se passer si doucement sans changer de place, et de cette autre existence
que je rêvais si laborieuse et si bruyante, suffit pour
m'éloigner peu à peu de cette première chimère de ma
jeunesse. Chimère ! allez-vous dire, mon cher Léonce.
Hélas ! est-ce donc à mon tour de vous désabuser sur
les illusions de la vie ?

Revenons au souvenir.

Ce qui le ramena à mon esprit, ce fut l'aspect d'une
jeune fille dont je vous ai déjà parlé : la pupille du
docteur Germance ; elle était à cette fête. C'était la première fois qu'elle se trouvait au milieu d'une assem-
blée aussi nombreuse, et ses allures, un peu sauvages
achevaient de rendre sa ressemblance plus frappante
avec la jeune femme que nous avons tant admirée tous
deux. C'était bien la démarche rapide de cette dernière
que je retrouvais dans la danse de la jeune Savinie,
dont les gracieux mouvements imprimaient à sa robe
légère, à ses cheveux flottants, les ondulations les plus
charmantes.

L'orchestre exécutait en ce moment un air monotone
et gai tout à la fois, qui ressemblait à nos airs monta-
gnards, et achevait de me reporter en pensée vers cet
heureux temps de ma vie. Ce n'était pas cette femme
que je regrettais, non, c'étaient ces aimables illusions
qui me montraient l'existence si belle, et qui, désormais,
ne doivent plus éclairer les sombres jours qui me res-
tent à vivre. Mais ces tristes pensées s'évanouirent
bientôt, lorsque l'orchestre eut cessé de se faire enten-

dre, et que Savinie eut disparu , pour faire place à un
ordre d'idées tout différent. Mes regards ne se tournè-
rent plus vers la tranquille vallée, qu'une sorte d'hal-
lucination venait d'offrir à mon esprit ; mais ils s'arrê-
tèrent avec une avidité étrange sur les merveilles qui
m'entouraient.

Un impérieux besoin d'indépendance s'empara de
moi. Ce n'était plus par l'affranchissement des préjugés
qui entravent la pensée et les plus généreux élans du
cœur que j'espérais l'acquérir ; je connaissais l'impos-
sibilité, le néant de pareilles tentatives. Non seulement
je voulais être libre, briser les liens qui enchaînent
l'homme dépourvu de richesses , mais j'enviais encore
le pouvoir de ceux qui n'ont qu'à commander pour être
obéis.

La magie du spectacle que j'avais sous les yeux
m'avait posé ce problème , et le résolvait pour moi.
Qu'est-ce qui donnait au maître de ce palais enchanté
le prestige qui l'entourait ? Etait-ce la générosité de
son cœur, la noblesse, la sublimité de son génie ? Non.
Son cœur est aride comme une ruine , son génie est
celui de l'astuce, des combinaisons les plus tortueuses
et les plus déloyales. Ce qui lui a donné les moyens
d'en imposer à la foule, ce qui vient encore d'attirer
chez lui ce monde d'élite, c'est son or. Qu'est-ce qui
rapprochait les hommes réunis dans ses brillants salons ?
Etait-ce l'estime ou l'admiration ? Non. C'est le plus ou
le moins d'influence qu'ils se supposaient réciproque-
ment par le moyen de leur or. Ces femmes brillantes
qui dispensaient avec tant de coquetterie leurs attentions flatteuses, croyez-vous donc que c'est le mérite
qui attirait leurs regards ? Non. De vils calculs leur

faisaient, pour la plupart, sacrifier à la puissance de
l'or, qui peut tout. Voilà ce que j'ai vu, sans qu'il me
prît, comme autrefois, la folle envie de réformer le
monde. Oh! non. Mais une autre ambition fermentait
dans mon pauvre cerveau.

Et pourquoi ne posséderais-je pas comme tant d'autres ces richesses qui donnent le pouvoir, me dis-je?...
Si jamais je les possédais, comme je prendrais plaisir
à humilier ceux qui m'ont humilié moi-même ! Avec
quelle joie je tirerais vengeance de leurs sarcasmes !
Combien je m'appliquerais à découvrir le côté le plus
sensible de leur vanité, afin de le mettre en contact avec
ce qu'il redoute le plus ! Je placerais sur leur chemin
tout ce qui pourrait abaisser leur insolent orgueil. A
cette pensée, Léonce, mon cœur battit pour la première
fois depuis bien longtemps...

En effet, cette apathique inaction qui me tue, me
fait sentir le besoin de parvenir, par quelque moyen
que ce soit, à une position indépendante ; et par là,
j'entends ce qui seul affranchit réellement l'homme
aujourd'hui, la richesse.

Vous allez me trouver bien fantasque, et vous aurez
peine à concilier cette avidité de jouissances avec l'insouciance morale dont je suis affligé ; ce qui m'étonne
non moins que vous, c'est de les concilier si bien moi-
même. Mon pauvre Léonce, le diplomate a raison et
je m'en suis convaincu par expérience, nul ne vous
sait gré de l'héroïsme de vos efforts pour parvenir à un
mérite réel, et l'on n'estime, l'on n'admire chez vous
que le plus ou le moins de bonheur qui vous tombe
en partage ; mais je suis prêt à souscrire à tout ce qui
me pourra procurer ce bonheur.

Ce nouveau genre d'ambition illumine par fois mon
esprit au point de m'abuser moi-même sur l'activité qui
lui reste; mais je retombe le plus souvent dans mon
inertie. Il vient un temps, Léonce, où le feu sacré
que nous dérobons à la lumière s'éteint en nous....
Pourquoi faut-il que les hommes entravent eux-mêmes
les sublimes élans qu'il enfante, et qu'ils troublent
par leur sèche ironie la foi qui fait leur force?

VIII.

LÉONCE A SAMARITE.

Quand le sophisme s'empare de votre esprit, mon
pauvre Samarite, il lui fait produire des monstres si
bizarres que le courage vous manque pour les combattre. On ne sait, en vérité, par où les saisir; et
j'espère l'espèce de bonne foi avec laquelle vous tâchez
de les expliquer.

Je vous ai entendu vous plaindre avec si peu de retenue, que je cherche sérieusement à découvrir (mo-
quez-vous tant qu'il vous plaira) si ce qui vous a conduit à cette minutieuse analyse de votre esprit, doit
être regardé comme un bien. On tolère l'emportement
du désespoir lorsqu'il vient d'une douloureuse indigna-

tion contre l'injustice des hommes ; mais on accueille avec plus de défiance les plaintes de celui qui décompose froidement son mal, quand on sent qu'il ne voudra ni ne saura le dompter. Comme vous vous laissez facilement pousser par toutes les rafales contraires de votre âme orageuse ! Ce n'est pas à vous qu'il faut s'en prendre, dites-vous, mais à l'absence d'union morale qui laisse errer tous les hommes au gré des plus étranges caprices de la pensée.... Il est vrai que nous marchons sans foi, sans espoir... semblables à cet ancien peuple de Dieu qui se révoltait contre la lenteur de sa propre marche, nous oublions, comme lui, les traditions de nos pères; comme lui, nous crions à ceux qui nous conduisent : *Faites-nous des Dieux qui marchent devant nous !* Dieux faciles à pétrir et à contenter, et sous la protection desquels nous nous endormons avec une pleine confiance.

C'est une confiance bien pardonnable, n'est-ce pas, Samarite? et il vous sied parfaitement de me reprocher d'avoir avisé au milieu de cette confusion un abri égoïste contre la tempête ! Que cherchez-vous donc, si ce n'est un lieu de refuge, non contre la tempête dont vous n'êtes pas encore assez las, mais contre ses plus légères atteintes ? C'est ce que vous trouvez aujourd'hui de plus grave dans le voyage, mon superbe redresseur de torts !

Cet étrange amour de bien-être n'a pourtant pas effacé chez nous le souvenir d'un temps de plus innocents plaisirs. Il est venu, ce souvenir, vous surprendre au sein même du tourbillon qui vous emportait si loin... J'aime à vous retrouver ainsi, Et moi aussi, je me souviens !... Mais le théâtre de mes souvenirs est

là, sous mes yeux, j'y suis resté fidèle. Je vois chaque jour le soleil se lever sur ce tranquille horizon ;
éclairer nos montagnes, nos torrents, nos prairies, et
disparaître chaque jour dans le même espace du ciel.
Une pareille existence doit vous sembler bien monotone. Nous n'avons pas les mêmes penchants, Samarite ;
il y a pour moi un charme indicible dans ce souvenir
constant des accidents de la vie rappelé par la vue des
mêmes objets. L'on peut exercer en tout lieu ses facultés au profit de sa patrie aussi bien dans un coin des
Alpes qu'au milieu de ce vaste foyer d'émulation où vous
êtes allé vous perdre.

Il y a des hommes ici comme partout, dont les be-
soins rappellent à celui qui veut les servir ce que lui
impose son titre d'homme. L'opposition des partis n'e-
xige pas seule une courageuse persistance ; il y a un
esprit d'humanité plus large, plus universel, qui demande une persévérance aussi infatigable, un courage
plus noble, peut-être. On trouve partout à exercer un
pareil sentiment, vous dis-je.

Je vous rends grace de vous être souvenu : J'aime
mieux vous voir vous attendrir sur les joies évanouies
de votre jeunesse, que de vous entendre sans cesse
rappeler les tristes circonstances qui leur ont succédé.
Ces réflexions, qui guérissent parfois, ne font qu'empi-
rer votre mal. Vous êtes mal guéri, Samarite ; la faiblesse, qui ordinairement succède aux grands maux,
ne préserve pas des rechûtes, et je vois, mon pauvre
ami, que votre état peut présenter encore de graves
accidents. C'est ce mal qui vous retient au lieu où
vous êtes ; vous n'avez pas la force de vous en arracher. Je vous ai vainement appelé auprès de moi ; vous

semblez préférer la société de votre nouvel hôte, à l'obscure, mais fraternelle hospitalité que je vous offre. Je ne vous presserai plus ; mais quel que soit le temps où vous jugerez à propos de revenir, la bienvenue vous attendra toujours sur le seuil de ma demeure. Adieu.

IX.

SAVINIE A DIANE.

Que vous êtes folle, ma bonne Diane, de voir un roman dans le récit que je vous ai fait. L'évènement est quelque peu romanesque, j'en conviens, mais de là aux conséquences que vous voulez en déduire, il y a loin, et quoi qu'il arrive, nous n'en sommes pas encore là.

Vous êtes un peu prompte à juger celui que vous appelez mon héros, et vous n'êtes pas un juge impartial ; vous le chargez sans raison, et c'est d'après des griefs supposés que vous faites son procès.

Croyez-vous donc impossible qu'une âme loyale et fière ne puisse se livrer au désespoir ; que l'indignation et la révolte ne puissent s'en emparer; et que, semblable au lama du désert, qui possède le don mystérieux de mourir de sa fierté blessée, elle se laisse al-

7

ler à ce fatal instinct ? N'est-ce que le doute qui nous tue ? et si ce mal a été celui de Samarite, pourquoi supposer d'abord le pire des résultats ?

Quoi ! vous, Diane, que j'ai entendue tant de fois déplorer les maux qui conduisent à de pareilles chutes, est-ce bien vous qui jugez si légèrement des infortunes d'un homme que vous ne pouvez connaître et que je regrette vivement maintenant de vous avoir dépeint sous des couleurs peut-être un peu bizarres, empressée que j'étais de vous raconter un évènement si rare, et frappée encore de tout ce qu'il avait d'étrange. Quoi ! vous osez dire qu'il est rare que ceux qui attentent à leur vie ne se fassent pas toujours justice eux-mêmes en disparaissant de ce monde.... Hélas ! depuis que vous voyagez chez des peuples nouveaux, avez-vous donc oublié nos vieilles misères ? Les chroniques du jour enregistrent chaque matin les malheurs de ceux qui ont ainsi succombé à la peine, avec le même sang-froid qu'un bulletin d'armée nous rapporte le nombre des victimes qui sont tombées dans le combat..... Les luttes de la pensée, les souffrances de l'âme, n'ont-elles point des péripéties plus déplorables que le hasard auquel on va s'exposer de gaîté de cœur dans une bataille ? Sont-elles donc choses si simples ? Sont-ce même de simples faits particuliers, et ne se rattachent-ils pas à des causes plus profondes ? Oh ! ne jugeons pas si promptement, Diane, des douleurs qui peuvent pousser à de tels excès de désespoir, nous, heureuses de la terre !

Vous me faites observer que je n'ai jamais vécu que *par tradition*, que je ne puis juger du monde que par les héros de mes livres, et que mon imagination seule a dû

faire tous les frais du prestige dont je crois doué Samarite. Quel prestige, bon Dieu ! lui ai je donc prêté ? Mais
j'ai remarqué, Diane, que vos sympathies ne sont ac-
quises qu'à ceux qui n'ont point encore franchi certaines limites décisives de la vie, passé lesquelles, dites-
vous, la triste expérience du monde détruit à jamais
dans le cœur des hommes la foi et l'amour. Je me souviens qu'autrefois, lorsque notre imagination cherchait
à se représenter celui que nous devions aimer un jour,
car nous rêvions toutes de cela, ma chère Diane, votre
idéal, à vous, comme disent les Allemandes, était toujours un être simple, bon, et primitif comme un ber-
ger d'Arcadie ; tandis qu'au contraire je désirais trouver
dans le mien un homme éprouvé par les vicissitudes de
ce monde, et même ayant perdu peut-être sur le chemin
de la vie, quelques-unes des vertus que vous souhai-
tiez de trouver dans votre héros ; afin de pouvoir dé-
vouer mon existence à une tendre réparation des injustices du sort, et relever le courage abattu dans ce
cœur troublé.... Sans doute vous vous êtes rappelé ces
rêveries quand vous avez cru devoir prendre ce ton de
prédicateur effrayé à propos du pauvre Samarite. Mais
les rêves se réalisent-ils jamais ? Un jour viendra, où
notre destinée se trouvera accomplie d'une toute autre manière, et après bien d'autres rêves encore peut-
être ! Et d'ailleurs qu'avons-nous à craindre ? La visite
de Samarite, dont je vous ai raconté les circonstances
avec tant de détails, est probablement la seule qu'il nous
fera jamais, et je vous l'ai dit, depuis son retour, je ne
l'ai point revu, si ce n'est à plusieurs centaines de pas
d'éloignement, lorsqu'il traverse la route au galop ; et
encore, est-ce plutôt à son allure qu'à ses traits que

je puis le reconnaître à cette distance. Allez-vous encore tirer quelques conséquences de pareilles entrevues ?
Quant à moi, je dors et veille dans la plus grande sécu-
rité: notre forteresse est imprenable ; herses et ponts-
levis se sont relevés depuis longtemps pour en défendre
l'entrée contre tout nouvel arrivant ; et à moins que cet
audacieux Samarite (c'est votre expression , Diane, et
en vérité , je ne sais à quoi il la doit) ne monte quelque
cheval ailé, quelque hippogriffe fabuleux , je doute qu'il
puisse arriver jusqu'à moi sans permission. Soyez donc
fort tranquille aussi, ma chère Diane ; et que ce souci
de ma destinée ne vous empêche point de jouir des agré-
ments d'un si beau voyage. Enfin, soit dit sans reproche
et sans rancune, ma sévère prêcheuse, si j'avais à choisir, je préférerais certainement au sombre sermon que
vous m'avez adressé un petit épisode de ce voyage, comme ceux que vous savez si bien décrire. Adieu donc,
car grâce à la monotonie qui règne de nouveau sur cette demeure , je n'ai point, moi, aujourd'hui la moindre relation pittoresque à vous faire.

X.

SAMARITE A LÉONCE.

J'aime le tableau que vous me faites de la tranquille
existence qui est votre partage, mon cher Léonce ; j'aime à me reporter encore à ce temps où, moi aussi,

je pouvais arrêter un regard calme et heureux sur nos
paisibles vallées , et voir finir sans regret chacun de
ces jours qui allaient se perdre à jamais dans l'éter-
nité !.. Le soleil dore toujours nos montagnes; il éclaire
encore dans sa course tous les recoins aimés de mon
vallon natal, et en particulier , certain lieu plus cher
où l'on pourrait peut-être retrouver encore quelques-
unes des joies du temps passé ; et où, pendant vingt
années de ma vie... Mais trève de souvenirs, Léonce ,
les temps sont bien changés ; et, comme vous le dites,
nous n'avons pas les mêmes penchants. Certainement,
rien ne m'empêche de retourner près de vous , et de
choisir dans ces contrées une existence calme , sinon
heureuse ou brillante; mais je ne sais ce qui me retient;
il me semble que je ne puis abandonner ainsi tout
espoir de succès maintenant que je me trouve presque
sur le chemin qui y conduit, et quitter la partie avant
d'avoir pris ma revanche. Non ; en vérité , je ne puis
me résoudre à cette philosophique abnégation : je veux
encore tenter le sort. Cependant, ne croyez pas que je
sois mal guéri , et soyez sans crainte ; ce n'est plus la
réforme du monde que je veux essayer, ce n'est pas
même la mienne; ce que je veux, c'est une part de ce
bien-être si puissant , qui coûte si peu à quelques-
uns, que d'autres achètent si cher en vue de la con-
sidération qu'il impose , et que je veux acquérir à tout
prix , persuadé que je suis qu'il donne toujours à celui qui le possède la supériorité la plus irrésistible.
Il est bien certain qu'on ne juge de notre mérite que
par le plus ou le moins de bonheur que nous avons eu
l'habileté de nous procurer. Il y a à peine un demi siècle , un pauvre hère de noble naissance était res-

pecté sous ses haillons, tandis qu'un financier ruiné
n'était pas même regardé, s'il ne lui arrivait point encore d'être hué. Aujourd'hui la balance est plus égale;
chacun vaut le poids de son or, ni plus ni moins. Telle
est l'égalité morale que nous avons conquise jusqu'à
ce jour. On nous dit bien, depuis le déluge à peu près,
que le mérite seul fait l'homme ; et je crois de très
bonne foi, Léonce, que depuis que cette vérité a été
dite, elle est reconnue ; mais en fait, par qui la voyez-
vous admettre sans arrière-pensée, à part un petit nombre d'élus, qui ne font point autorité dans le monde,
en dépit de cette vieille vérité ? Pourquoi donc m'amoindrir quand je puis briller ? je vous le répète, je ne sais
encore ce qui m'attend, mais je sens qu'ici une route
nouvelle m'est ouverte, et que je n'ai qu'à mettre le
pied sur ce terrain, difficile sans doute, mais si attrayant, pour parvenir au terme que j'ambitionne. Il
nous faut de ces existences qui étourdissent et fassent
tout oublier, lorsque l'égoïsme et l'insouciance des hommes ont arraché de nos cœurs tout sentiment, toute
espérance ; lorsque nous ne pouvons plus exister par
les nobles émotions de l'âme, il faut bien essayer d'e-
xister par les sensations matérielles de notre être; comme ces malades, chez lesquels une profonde léthargie a
paralysé tous les principes de la vie, et qui ne sauraient sortir de cet état d'absorption physique sans le
secours du fer tranchant que l'on plonge dans leur
chair, afin de les réveiller par la douleur.

J'attends donc aussi, Léonce, qu'un stimulant nouveau vienne aiguillonner ce qui peut encore rester en
moi d'activité et de volonté, et me permettre de profiter des seules joies qui soient possibles désormais.

pour moi , c'est-à-dire celles que donne l'or, et une revanche inexorable de la partie que j'ai perdue....

XI.

SAVINIE A DIANE.

Que faites-vous donc , Diane , et à quoi passez-vous
ce temps, qui me semble si long? Est-ce pour me punir
de vous avoir interdit les sermons, que vous me faites
ainsi languir après vos lettres ? Mon Dieu ! prêchez,
prêchez tant qu'il vous plaira , mais que je sache au
moins si vous existez.

Si le reproche que je vous ai fait vous inspire tant
de réserve, je veux vous montrer par la confiance de
ce nouveau récit combien est peu fondée votre rancune ; car ce n'est rien de moins que le second chapitre
du roman que vous avez si charitablement commencé.

Sachez donc , Diane , que le marquis de T..., notre
voisin, donna, à propos de je ne sais quelle solennité
politique, une fête des plus brillantes, et qu'à force de
supplications, dont je ne puis encore m'expliquer ni
la cause ni l'influence , il obtint de M. Germance que
nous assisterions à cette fête.

Mon étonnement fut extrême , et vous devez le com-

prendre, lorsque j'appris la décision de mon tuteur.
Cependant cette sorte d'évènement n'était pas sans at-
traits pour moi ; je ne connaissais point encore ce
qu'on appelle *le monde,* si ce n'est par les récits un
peu exagérés de mon tuteur, et c'est avec un vif intérêt que je vis arriver le moment où je pourrais en juger par moi-même ; car cette réunion si brillante m'apparaissait avec le prestige qui est le privilège de toutes
les choses inconnues. Eh bien ! il faut le reconnaître ,
Diane, ce monde n'est point aussi noir qu'on le dépeint ; cependant il me déplaît : je croyais y rencontrer ces grâces polies, cette dignité de langage qui de-
vraient distinguer de tels personnages ; rien de tout cela n'existe chez eux. Je suis accoutumée à trouver chez
les personnes de l'*ancien régime* que nous voyons, une
urbanité, une bienveillance de bon goût qui prédispo-
sent aux mêmes sentiments ; d'un autre côté, les relations de mon tuteur dans ce pays m'ont obligée quelquefois d'assister à des réunions tout à fait populaires,
où j'ai vu régner une cordialité franche et de bon aloi
qui pénètre le cœur ; mais l'urbanité, la bienveillance,
la franchise, étaient absentes de cette fête splendide, où
dominaient le plus suprême laisser-aller, le sans façon
le plus dédaigneux. Chose étrange, les femmes y sem-
blaient exagérer encore ce ton déjà trop relâché, s'il
est permis d'employer cette expression. Mais il en est
de ces usages comme de tout ce qu'on veut détruire ;
en abolissant ce que l'étiquette d'autrefois avait de ridicule et de puéril , on en est venu à décréditer jusqu'aux plus simples formes de cette politesse qui est
le témoignage du respect réciproque que se doivent
les hommes. Mais un tout autre sentiment que celui de

sa dignité préoccupait cette société : c'est celui de son importance.

L'avénement de cette classe aux dignités politiques, semble l'avoir énivrée ; encore étonnée de son succès, elle est tranchante, dédaigneuse et impolie comme presque toutes les parvenues. Mais il ne faut pas que la nouveauté de ce spectacle m'entraine trop loin ; ce n'est pas seulement du fond du tableau que je dois vous entretenir ; parlons donc du personnage principal.

Sachez, d'abord, Diane, afin de ne pas vous donner trop beau jeu, que si je donne a ce récit le titre de Second Chapitre, c'est que, par le plus étonnant des hasards, encore cette fois, la présence de Samarite m'a causé une étrage frayeur. Vous allez juger de ma folie.

Ce n'est qu'à l'heure du bal que je vis Samarite ; mais il ne dansa pas ; il parcourut les divers groupes de danseurs, le front soucieux, mécontent, irrité sans doute de la curiosité malveillante dont il était l'objet. Il s'arrêta un instant près du groupe où je figurais, et tout-à-coup son attention se fixa sur moi avec une persistance qui m'embarrassa. Il n'y avait pourtant rien de blessant dans son regard qui, tout en s'arrêtant sur moi, semblait plongé dans un autre monde ; peut-être même n'avais-je que le simple honneur de lui rappeler un souvenir ?... Malgré cette pensée, je sentais une si extrême gaucherie dans toute ma personne, que je tremblais d'occasionner quelque confusion dans les figures de la danse.

La musique et la danse cessèrent enfin. Samarite disparut dans la foule, et je ne le revis plus de la soirée.

Jusque là ; tout est simple, même ma sottise ; mais

8

comment vous peindre la ridicule frayeur que j'éprou-
vai bientôt? Peut-être ce bruit, ce mouvement , si
nouveau pour moi, m'avaient-ils disposée à de fantas-
tiques visions, je ne sais? mais dès que Samarite se fut
éloigné , le souvenir de sa catastrophe se retraça vivement à mon imagination, et me causa un indicible effroi.
La nuit s'avançait, et ne voyant pas reparaître Samarite,
une nouvelle terreur s'empara de mon esprit : son air
sombre et chagrin m'avait frappée, et je m'imaginai que
le désespoir l'avait peut-être poussé encore une fois
à quelque sinistre dessein... Cette idée devint bientôt
une appréhension si profonde, que mon tuteur, qui s'a-
perçut de mon trouble, me crut atteinte d'une indis-
position subite, et nous partîmes.

La fraîcheur de la nuit dissipa ces tristes hallucina-
tions de mon cerveau, et c'est avec joie que je me
trouvai dans ma paisible demeure, et sur le terrain de
la réalité. Cependant , le reste de la nuit se passa
sans que le sommeil pût fermer mes yeux ; mes craintes funestes avaient cessé, mais le souvenir du sombre aspect de Samarite, entraîna si loin ma pensée
que le calme ne se rétablit que lentement dans mes
esprits. Je me rappelais toujours cette trace de malheur
imprimée sur son front. Pourquoi donc êtes-vous ainsi
sans pitié pour lui, Diane ? Pour moi , j'ai vainement
essayé d'en rire comme vous, afin de conjurer les mau-
vaises influences que vous redoutez pour moi ; je ne
puis me défendre d'une certaine terreur en songeant
à Samarite. Peut-être qu'il en est de ma frayeur comme
de toutes les frayeurs , et que si j'en voyais de plus
près l'objet, il perdrait beaucoup de son terrible prestige ; c'est ce que je laisse à décider à votre esprit fron-

deur, ma chère Diane ; puisse cette occasion que je
vous donne de l'exercer, vous déterminer enfin à m'é-
crire. Adieu.

XII.

SAMARITE A LÉONCE.

Votre silence, mon cher Léonce, a-t-il pour cause
une joie trop complète, ou bien un excès d'ennui ? Une
satisfation aussi monotone que la vôtre ne pourrait-
elle pas ennuyer un peu aussi, à la fin ?.... Si je parle
si bravement et si haut, c'est que, pour le moment,
j'éprouve une sorte de confiance dans la destinée. En
effet, il existe tant de moyens de se la rendre favorable, que nous devons le plus souvent ne nous en prendre qu'à nous-mêmes de ses dédains superbes. Ce qui
me met en aussi joyeuse humeur aujourd'hui, et, au
fait, je ne vois pas pourquoi je bouderais encore le sort
quand il se fait bon prince, c'est une idée du marquis :
une idée impossible ; mais elle a ouvert un champ
vaste à mon imagination ; elle me montre si bien qu'en
gouvernant son pauvre esquif avec un peu d'adresse
on peut, sinon arriver là, du moins ailleurs, sans se
perdre dans des espaces sans rivages, que je m'incline devant le fertile esprit de cet homme prodigieux.

Toutefois , le projet du marquis me semble un peu
excentrique , si l'on en juge par les obstacles qu'il présente ; mais le diplomate et des obstacles ne sont jamais passés par la même porte.

Figurez-vous , Léonce , que M. de T... s'est sérieusement imaginé , à tort ou à raison , que la jeune Savinie , la pupille du docteur , doit ressentir pour moi le
plus romanesque intérêt , et qu'il voit dans cette circonstance le commencement de ma fortune , si je sais
être habile. Je me suis en vain récrié contre l'impossi-
bilité d'un pareil dessein , et même contre ce qu'il y a
de peu loyal ; c'est en vain que je lui ait fait observer
les obstacles que doivent présenter ma pauvreté , et même ma naissance , puisque le docteur tient encore à des
noms de parade comme un vieil enfant qu'il est ; c'est
en vain que j'ai objecté ma profonde indifférence pour
cette jeune fille , ce qui nuirait essentiellement à la vérité du rôle qu'il me faudrait jouer ; rien ne put faire
changer de pensée à M. de T... qui riposta par des arguments non moins péremptoires , selon lui. Il prétend
que les considérations qui me retiennent sont précisément ce qui devrait m'encourager à tenter cette entreprise , et il entend par là les étranges dispositions
du tuteur et de la pupille. Le vieux docteur se vante
d'avoir fait de sa jeune élève la personnification la plus
noble des vertus de ses aïeux ; ou pour mieux dire d'a-
voir su préserver cette belle âme de la contagion de notre
siècle égoïste et cupide. Il doit en résulter , c'est toujours le marquis qui parle , que cette jeune fille , dont
le cœur est accessible à tout sentiment enthousiaste , fera volontiers bon marché de préjugés injustes ; et comme c'est elle , malgré l'irascibilité du vieux Germance ,

qui gouverne son tuteur, les choses ne sont pas aussi impossibles que je veux le croire.

Ne froncez pas le sourcil, Léonce ; d'abord nous n'en sommes pas là , et puis , les choses ont-elles toujours besoin d'être prises par un côté si délicat ? D'ailleurs , comme le pense M. de T.... , ces personnages d'un autre siècle ne sont-ils pas exposés à succomber à des machinations plus odieuses que l'innocent projet que nous formons de profiter de leur facilité romanesque ? Quoi qu'il en soit , je vous le répète , j'ai combattu long-temps un dessein qui me semble encore plus impossible que coupable ; mais le marquis ne cède pas ainsi. Chose merveilleuse ! au moment où nous étions le plus échauffés par la discussion , la fortune qui semble d'accord avec cet homme étrange , vint encore lui donner gain de cause. Le docteur et Savinie parurent au bout de l'avenue ; ils venaient rendre leur grave visite à M. de T... Les yeux du marquis pétillèrent à cette vue ; quant à moi , rendez-moi cette justice, mon cher Léonce , je devins sot comme un écolier ; mais le diplomate eut bientôt relevé mon courage en me faisant considérer l'avantage de cette occasion peut-être unique de faire naître quelque intimité entre nous et nos sauvages voisins. Enfin, on les annonça à grand bruit , et le marquis déploya toutes les sédutions de son esprit pour leur faire acceuil. Que vous dirai-je? Je ne sais par quelle manière adroite il amena les choses à ce point , mais il fut convenu que je serais admis chez le docteur Germance pour y faire agréer mes conseils à sa pupille sur quelques travaux artistiques que ses habitudes solitaires ne lui ont pas permis de perfectionner , et dont je ne me doute pas du tout moi-même. J'allai donc me récrier, en vrai novice, lorsqu'un regard que me lança le marquis me réduisit au silence. Je fus ensuite chargé par M. de T.... d'accompagner nos deux visiteurs jusque chez eux. La soirée était belle, et l'influence d'une magnifique nature aurait pu mieux inspirer tout autre que moi ; mais que peut sur moi un ciel plus ou moins beau ? Que me font la lune et les étoiles, le soleil et ses rayons lumineux, à moi déchu, à moi déshérité ?....

Depuis ce temps, je suis assez fréquemment dans le vieux donjon du docteur. Le vieillard me traite toujours avec la familiarité railleuse qu'il me témoigna dès notre première entrevue ; et la jeune Savinie m'accueille comme un ami qu'elle n'aurait jamais cessé de voir. Que les femmes sont bien faites pour être dupées, Léonce ! Quel empire ne doit pas exercer sur ces Eves incorrigibles celui qui dit vrai, s'il est tellement facile à celui qui ment d'inspirer une si prompte confiance ?

Les choses en son là, mon ami ; j'ignore qui l'emportera de la rigidité du docteur ou de l'habileté du diplomate. A la grâce de Dieu !

XIII.

SAVINIE A DIANE.

Si vos prévisions se réalisent jamais, ma chère Diane, elles auront au moins péché par leur plus vilain côté ; supposer que Samarite pourrait devenir un jour l'objet d'un choix romanesque de ma part, était certainement une idée un peu hasardée, mais avancer sans raison qu'un homme qui cherche à se donner la mort ne peut-être que pervers et sans cœur, c'était émettre une opinion affreuse, que le temps, Dieu merci, s'est chargé de détruire.

Comme je l'avais prévu, il m'a suffi d'approcher de l'objet de ma frayeur, pour voir s'évanouir les fantômes dont mon imagination l'avait entouré. Ce Samarite si redoutable est le plus simple, le plus doux des hommes ; et il ressemblerait presque à votre *idéal*, Diane, si la profonde tristesse qui l'accable, si la fatalité malheureuse qui a pesé sur lui... ne le rendaient un peu plus semblable au mien. Comment donc ai-je été amenée à connaître aussi bien Samarite, allez-vous dire ? Voici ce qui s'est passé.

Mon tuteur ayant jugé que je devais l'accompagner dans une visite qu'il rendit à M. de T... je revis nécessairement Samarite, mais cette fois, au grand jour, et non sous l'influence de cette nuit magique, si remplie de bruit, de musique, de danse, et où toute chose m'apparut sous un point de vue si mensonger. Je revis donc Samarite sous les traits d'un simple mortel, mais toujours grave et triste ; il prit peu de part à la conversation, dont tous les honneurs doivent revenir à M. de T... Je n'aurais jamais cru que ce dernier pût se montrer sous une apparence si aimable, si attrayante, l'admirable causeur ! Sa bienveillance fut extrême pour moi, qui me trouvais un peu dépaysée au milieu de ces grands personnages. Il n'entreprit pas, comme à l'ordinaire, quelque âpre discussion avec mon tuteur, quelque remontrance railleuse à l'usage de Samarite ;

il ramena sans cesse l'entretien sur des choses d'un intérêt plus intime, et sur lesquelles chacun put émettre
son opinion ; enfin , on en vint de la sorte à parler de
ses occupations, de ses loisirs, et comme j'étais devenue
l'objet des attentions les plus polies du marquis de
T..., il eut la bonté de m'adresser quelques questions
sur mes études d'art, pour lesquelles il sait que je manque absolument de direction. Il nous montra Samarite
comme un artiste fort remarquable, et nous proposa ses
conseils comme s'il se fût agi de son fils. M. Germance,
d'abord un peu étonné de cette proposition , finit par
l'accepter ; on prit ses jours , ses heures , ses instants, et tout alla pour le mieux. On se sépara; mais
comme le temps avait passé sans que personne ne s'en
aperçut, et que la soirée était avancée , Samarite fut
chargé par M. de T... de nous accompagner.

Quelle différence entre cette soirée et celle dont le
souvenir m'importune sans cesse ! jamais notre petite
vallée de B..., éclairée alors par les rayons bleus de la
nuit, ne m'avait paru aussi belle; mais j'étais seule ,
je crois , à contempler ce spectacle : Samarite était
silencieux comme une ombre, et mon tuteur grondait
après l'obscurité, qui n'était pourtant pas trop sombre.

Cependant quelques jours après, Samarite fut admis à exercer ses graves fonctions de professeur auprès
de moi. M. Germance parut d'abord regretter un peu
la permission qu'il avait accordée , mais, insensiblement , le caractère doux et facile de Samarite triompha
de sa misanthropie. Les vieillards cherchent volontiers
la société de leurs semblables ; à cet âge, la solitude
effraie ; il semble que les heures sonnent plus tristement, et que l'on veuille en chasser la douloureuse

Malgré son goût prétendu pour l'isolement systématique auquel il s'est voué, mon bon tuteur aussi commence à ressentir le besoin de se distraire de ses vieux ennuis.

Il est bien vrai que personne, mieux que Samarite, n'aurait pu opérer cette métamorphose chez M. Germance. Il est impossible de rencontrer plus d'affabilité, une abnégation plus bienveillante à l'égard des opinions ou des habitudes d'autrui ; on dirait qu'il a tout adouci dans cette maison, où les choses se heurtaient naguère avec un peu de rudesse ; enfin, une aussi aimable influence exerce déjà un tel empire sur l'esprit de M. Germance, que lorsque des occupations plus sérieuses retiennent Samarite loin de nous quand on l'attend ici, tout semble perdu. Mon tuteur murmure sans cesse ; il se trompe d'heure à chaque instant, s'en prend à tous ceux qu'il rencontre ; et je crois, en vérité, que j'ai moins de patience aussi ces jours-là pour braver les petits contre-temps de ce monde.

Mais les jours de longues visites et de longs entretiens, les choses changent d'aspect. C'est pendant ces moments de douce confiance que Samarite nous a révélé tous les tourments de sa vie, toutes les déceptions de son âme généreuse. Hélas ! ces tristes confidences ne démontrent que trop combien la vertu sérieuse et forte est encore loin d'avoir droit de cité sur cette terre. Mais peut-être ne nous est-il pas permis d'atteindre à cette haute imitation d'une perfection trop sublime, sous peine d'être vaincu sous une puissance plus forte que la nôtre... Moi qui suis surtout la confidente de Samarite, j'ai pu juger par ses récits des obstacles que rencontre celui qui veut le bien en dépit de l'égoïsme si large-

9

ment établi. Qui pourrait décrire les pénibles épreuves, les luttes malheureuses de ceux qui se vouent à
ce stérile apostolat? Quelles n'ont pas été celles de Samarite? Et vous osez parler, Diane, sans l'avoir entendu?

Telles sont les émotions, sinon les évènements, qui
sont venus compliquer mon existence si simple, si
uniforme jusqu'à ce jour. Quelles sinistres suppositions
pourrez-vous faire encore, Diane, sur un être qui
s'épanche avec tant de franchise, qui nous peint les
déceptions de son cœur avec un abandon si confiant?
Quel que soit votre jugement, il aura certainement
tort de si loin, ma chère Diane; soyez donc à l'avenir plus indulgente et moins prompte.

XIV.

LÉONCE A SAMARITE.

J'étais absent à l'arrivée de votre lettre; ce n'est
donc qu'à mon retour, et non sans l'avoir lue plusieurs
fois que j'ai pu comprendre ce qu'elle renfermait de
désolant et d'odieux. Oui, j'ai dû la lire plusieurs fois
pour me convaincre que ce n'était pas seulement une
indigne plaisanterie, mais bien un mauvais dessein,

auquel a présidé le plus singulier cynisme. Ne cherchez pas à vous disculper en alléguant le peu d'importance de votre projet ; ce n'est pas dans la forme de son exécution, mais surtout dans sa lâche et monstrueuse conception que réside le crime ; et dans cette circonstance que vous trouvez futile, sans doute, vous a-t-il fallu moins d'oubli du bien et de votre propre honneur, que s'il se fût agi d'une chose plus importante ? Non, certes: le mal est un abîme, il ne saurait avoir de degrés. Mais par quelle inconséquence traitons-nous donc avec tant de légèreté une union sur laquelle nous faisons reposer, avec une si jalouse susceptibilité, les principes les plus chers et les plus sacrés de notre morale ? Et vous, jadis si sévère observateur de ces lois vénérées, par quelle triste voie êtes-vous descendu à ce point de coupable insouciance ? En voulant abandonner la vie avec tant d'emportement, auriez-vous perdu, dans ce naufrage de vous-même, tout ce qu'il y avait de noble en vous ? Hélas ! je me suis souvent défié de ceux qui veulent mourir ; je me suis souvent demandé de quoi pourraient être capables des hommes qui ne croient plus à eux-mêmes, chez qui le doute, cet écueil des nobles natures, a été le prélude d'une véritable dissolution morale. On peut le deviner, en voyant ces êtres étranges, chez qui le cœur est mort depuis longtemps, et qui promènent encore au milieu de nous leur reste de vie, qui ne peut cacher la lente dépravation qui les consume.

Combien en rencontre-t-on à chaque pas, de ces hommes devenus peu à peu aussi indifférens aux turpitudes honteuses, à la déloyauté du siècle, qu'aux nobles et honnêtes actions qui honorent l'humanité ? Êtes-vous donc tombé si bas ? Est-ce bien Samarite qui médite ces viles machinations , pour lesquelles il n'a pas même l'excuse d'une folle ou aveugle passion ? Plut à Dieu que ce fût une semblable cause qui vous fît agir ! Mais non, c'est de sang-froid, et dans le seul but de satisfaire une ambition non moins coupable peut-être , que vous vous abaissez à cette indigne manœuvre. Et quel est l'étrange prétexte que vous donnez à ce qu'il vous plait d'appeler une vengeance , contre des êtres qui ne vous ont jamais fait de mal ? Vous prétendez qu'il vous faut une revanche de la malheureuse partie que vous avez jouée avec le genre humain ! Mais qu'avez-vous donc perdu , et que vous a-t-on pris ? Voudriez-vous imiter le singulier orgueil de ceux qui apostrophent follement l'univers à propos de leurs souffrances ; qui s'en prendraient volontiers au cours des astres , plutôt que de manifester le moindre doute sur eux-mêmes ? Etes-vous donc sans reproche, Samarite; ce qui vous été donné de grandeur et de force a-t-il toujours été loyalement dépensé dans la noble lutte que vous aviez entreprise, et dans laquelle vous avez a été si malheureusement vaincu ? Interrogez-vous vous-même.

Mais, j'aime à croire encore que nous nous trompons tous les deux : que vous ne pouvez être tombé si bas, et que je dois me refuser à ajouter foi à une aussi déplorable chute. Car, si votre esprit, plus corrompu que votre cœur, a pu vous suggérer ces basses et odieuses menées , le mal n'est point fait, et vous pouvez encore abandonner vos projets. Je ne vous demande pour garant de cette honnête détermination qu'un simple retour sur vous-même ; telle est la foi que j'ai en vous, en dépit de vos blasphèmes.

XV.

SAMARITE A LÉONCE.

Tout beau, Léonce ! les choses n'en sont pas malheureusement où vous les supposez. Que de bruit , mon Dieu, pour rien encore ! En vérité , j'aurais causé la ruine du genre humain, j'aurais tenté d'escalader le ciel , que vous ne crieriez pas plus fort. Et pourquoi ? Parce que j'ai pris la liberté de jeter mes vues sur une femme que le hasard a fait riche, tandis que je suis pauvre, et que vous voulez bien me priser assez peu, pour que la chose vous semble une énormité. Suis-je donc, en effet, tombé si bas à vos yeux, pour que l'offre que je ferais de ma personne dans cette circonstance vous paraisse une si profonde trahison. Quoi qu'il en soit, rassurez-vous ; les choses ne s'enlèvent pas de la sorte ; nous n'avons pas encore présenté l'assaut ; qui peut prévoir quelle en sera l'issue ?

Mais, trève de plaisanterie, Léonce ; car votre colère vous a fait aborder de si rudes vérités, que j'ai senti se réveiller en moi toutes mes vieilles fureurs contre les misérables causes de ma ruine. Quoi ! vous osez demander, avec ce calme qui ne vous abandonne jamais, ce que j'ai perdu, ce qu'on m'a pris ! Ce que j'ai perdu,

Léonce ! Mais avez-vous donc oublié les angoisses de
ma vie ; ne savez-vous plus ce que j'avais apporté dans
cette vie de généreuses espérances et d'abnégation pour
mes semblables , et comment s'est anéantie ma sainte
illusion ? Sans doute, je n'ai pu perdre ce que je ne
possédais pas ; mais dans ce sauve qui peut moral où
tout se confond et se détruit avec une si aveugle rage,
ne court-on d'autre risque que celui d'y laisser les plus
vulgaires nécessités de l'existence ? L'acharnement des
hommes, semblable à l'appétit féroce de certains animaux, ne s'en prend-il pas à ce qu'il y a de plus noble
dans notre substance ? J'y avais apporté la foi, d'immenses croyances, une ardente volonté de me consacrer au bonheur des hommes; ma foi s'est éteinte, mes
croyances se sont évanouies comme des songes , au
bruit des rires sceptiques, au contact grossier de cette
foule égoïste ; ma volonté, que je croyais si puissante, a
disparu devant l'ingratitude et le cynisme moqueur de
ceux à qui j'avais dévoué ma vie.

Voilà ce qu'on m'a pris, Léonce, voilà ce que j'ai perdu en voulant crier gare , avec trop d'emportement ,
dites-vous, à ce monde qui s'engloutit. C'est ainsi que
nous devenons tous, peu à peu, autant de pâles fantômes, privés à jamais des plus nobles facultés de
notre être, et traînant par le monde un reste de vie
que nulle joie, nul espoir ne doivent plus éclairer. Et
vous voudriez que, semblable à l'antique prophète, je
vinsse m'asseoir sur les ruines de la cité maudite pour
la plaindre et chanter ses malheurs ! Non, non je veux
m'ensevelir joyeusement sous ses décombres.

Vous me reprochez d'insister sur le peu d'importance
de mon projet afin d'en amoindrir ce qu'il a de condam-

nable à vos yeux ; c'est qu'en vérité j'ai peine à comprendre que cette action puisse passer pour le plus petit crime. Quoi ! vous voudriez que par le temps qui
court, et qui court si vite, on prît la peine de s'arrêter
aux considérations, et de se demander si le *donquichot-
tisme* du docteur Germance ne serait pas par hasard
un cas qui dût retenir une conscience discrète, attendu
que des vertus si primitives et si bien conservées sont
sujettes à erreur. Vous êtes donc bien neuf, mon cher
philosophe ? Si de pareils sentiments ne sont pas dangereux pour ceux qui les professent avec tant de confiance, ils sont au moins inutiles, et presque déjà ridicules aux yeux de certains hommes. Car ceux qui entre-
prennent aujourd'hui de redresser les torts de notre
civilisation en cherchant à détruire dans l'ordre moral
ce que le pauvre chevalier de la Manche combattait à
grands coups d'épée, ne sont-ils pas condamnés à rencontrer des obstacles non moins redoutables que ceux
contre lesquels le valeureux fou allait se heurter et
se faire renverser ? Ce n'est point une figure, Léonce ;
il n'est que trop vrai que les hautes pensées et les
beaux sentiments excitent le rire ; et il ne faut pas dé-
sespérer de voir créer, par quelque homme de génie
de ce temps-ci, une bonne et spirituelle personnification de ces vieilles et ridicules vertus dont le mot seul
fatigue, pour la présenter au joyeux ébahissement de
ses contemporains.

Pourquoi donc ces foudroyantes colères, Léonce ;
quand les choses prennent des allures si simples, et
qu'il devient si facile de vivre sans se préoccuper de la
voix plus ou moins austère d'une conscience inutile !
Pour moi, Dieu merci, je me débarrasse tous les jours

un peu de ces préjugés d'un autre âge.... et je prie
le ciel de vous tenir en sa sainte et digne garde.

XXI.

SAVINIE A DIANE.

Vous m'avez presque communiqué votre effroi,
Diane; et bien qu'il n'existe réellement pour moi aucun sujet de crainte, les nouvelles appréhensions que
vous me témoignez dans votre dernière lettre, jointes à
la pénible disposition où m'avait laissée un rêve affreux,
toutes ces causes de ridicules terreurs me troublent
malgré moi. Il est vrai que des circonstances imprévues
ont tellement compliqué, depuis quelque temps, notre
existence si monotone et si solitaire, qu'il ne faut pas
s'étonner de l'agitation d'esprit qu'elles provoquent en
nous.

Je veux d'abord vous parler de ce qui avait fait naître
ici une agitation si étrange.

Depuis près de six mois, la plus aimable et la plus
entière confiance régnait entre Samarite et nous, lorsqu'un évènement fort simple vint jeter une sorte d'é-
pouvante dans l'esprit de mon tuteur. Cet évènement,
puisque je lui ai donné ce nom, que six mois de si
douce intimité, que tant de témoignages réciproques

d'estime et de confiance devaient rendre au moins
possible, enfanta les plus étranges conjonctures. J'ose
à peine vous l'apprendre, Diane, à vous qui nourrissez
tant de préventions contre Samarite, et cependant,
n'est-ce pas parce que vous aviez prévu ce qu'auto-
risait l'amitié de mon tuteur, qu'il vous vint dans l'esprit d'avoir peur? Telle n'était pas l'opinion de M.
Germance.

Dès que Samarite eût demandé ma main, tout changea
d'aspect à ses yeux; il ne vit plus en lui l'aimable
compagnon de sa solitude, celui dont les qualités du
cœur et de l'esprit avaient adouci sa misanthropie et
charmé ses vieux jours, il ne vit plus dans le triste
Samarite qu'un étranger pauvre, inconnu, et fort présomptueux. Chose singulière! Comment celui que l'on
avait jugé digne d'être un ami si précieux, devint-t-il
tout à coup un objet de défiance, dès qu'il s'agit d'une
question d'intérêt? Je ne chercherai point à expliquer
une aussi triste bizarrerie; mais je dus me soumettre alors aux étranges idées de mon tuteur. Je ne
vous fatiguerai pas du singulier récit des moyens qu'employa M. Germance pour me faire renoncer à ma résolution, lorsqu'il put comprendre le degré d'intérêt que
j'attachais à cette question. Ne vous emportez pas,
Diane, parce que, à deux mille lieues de distance, votre
imagination vous a représenté Samarite comme un
type de ce que vous n'aimez pas, tout doit-il être dit
pour lui? Non : le plus grand hypocrite ne saurait se
contrefaire aussi longtemps sans que son naturel lui
échappât, et Samarite n'a pas démenti un seul instant
ces nobles qualités qui nous l'ont fait aimer. Quoiqu'il
en soit, vous devez applaudir à la subite défiance que

10

montra mon tuteur ; et vous pourrez juger de cette
défiance quand vous saurez qu'au nombre des moyens
qu'il imagina pour me distraire de l'idée de Samarite,
figurait un voyage à Paris, un séjour dans cette ville
maudite qu'il avait juré de ne revoir jamais. Mais toutes
ces distractions ne réussirent point à me guérir, et M.
Germance se lassa le premier de notre nouveau genre
de vie. Retournons donc dans notre vieille demeure,
me dit-il, un beau matin, et nous partîmes.

Depuis notre retour, rien n'a troublé la sérénité de
notre intérieur. Samarite est parvenu à reprendre peu
à peu sa place au foyer, à la satisfaction de mon tuteur,
qui regrettait réellement une société devenue nécessaire à sa solitude, et qu'il avait tenté de sacrifier à de
vains préjugés. Enfin, ce qui avait d'abord provoqué
ici tant de mouvements contraires, bientôt n'étonna
plus ; et les choses s'arrangèrent pour ainsi d'elles-
mêmes sans que la défiance reparût au milieu de nous.
Cependant, par respect pour des scrupules qui avaient
si vivement ému M. Germance, tout fut ajourné

Les choses en étaient là, lorsque votre lettre est venue
jeter je ne sais quel trouble dans mon esprit : un rêve
épouvantable ne m'avait que trop disposée à ces pénibles impressions. Je veux vous le dire, Diane, car
il est de ces frayeurs ridicules dont on ne se débarrasse
qu'en les racontant tout haut.

Je parcourais notre jardin, qui me représentait en
songe l'aspect qu'il avait autrefois ; non pas qu'il ait
beaucoup changé, les choses changent peu ici, vous
le savez, mais je le revoyais avec cette naïve et cu-
rieuse disposition de l'enfance, qui nous fait considérer
les objets sous un jour si riant et si illusoire. La ma-

tinée semblait commencer ; le soleil était brillant, et je me laissais aller à cette sorte de charme mélancolique que fait naître en nous le retour monotone des choses de la vie. Bientôt je me trouvai à l'extrémité du parc, près de la porte qui ouvre dans la campagne, et par laquelle je sortis.

Le village se dessinait au loin, et la cloche de l'église sonnait d'une manière lugubre. J'avançais toujours sans avoir conscience du mouvement rapide et incohérent qui m'entraînait, et j'arrivai ainsi à quelque distance du village ; j'éprouvais une frayeur insurmontable, et je me retournais sans cesse pour voir si je n'étais pas suivie de quelqu'un des miens ; car, douée en ce moment de cette double vue que semblent développer en nous les rêves, je pressentais quelque chose de sinistre, vers lequel j'avançais fatalement, sans pouvoir l'éviter. La cloche résonnait toujours sur un ton grave et triste, et je m'approchais de l'église avec le sentiment de sainte terreur que m'inspire toujours une cérémonie funèbre. La foule se pressait à la porte comme pour assister à quelque solennité ; mon agitation augmentait ; et telle était la mobilité d'impression que j'éprouvais, qu'il me semblait voir alternativement l'intérieur du temple tendu de noir, et paré pour une fête. Cependant, je m'aperçus que l'attention était fixée sur moi ; je jetai les yeux sur mes vêtements, et je vis que je portais des habits de fiancée. Je cherchai alors du regard ceux que l'on semblait attendre, et je découvris bientôt près de moi mon tuteur, dont le visage était triste et inquiet ; le marquis de T...., sémillant et poli comme dans ses bons jours, et enfin, Samarite, plus pâle encore que de coutume. Le marquis prit ma main

dans sa main sèche, et la plaça dans celle de Samarite,
qui était raide et glacée comme celle d'un mort !.. Je
levai les yeux sur lui, sa pâleur était effrayante,
et son regard, terne et fixe, ne s'arrêtait sur rien.
Mon épouvante était horrible ! Cependant, on se mit
en marche, et nous nous dirigeâmes vers l'autel, en
nous tenant par la main. Je m'agenouillai, en regardant
Samarite, dont l'aspect devenait de plus en plus effrayant... La cloche tintait toujours lugubrement ; enfin,
son glas devint si violent et si insupportable, qu'un
mouvement de terreur, sans doute, m'éveilla.

De quel prix n'est pas le réveil après un rêve fati-
gant et pénible ! le jour commençait à peine à paraître,
mais je me hâtai de me lever dans la crainte de retom-
ber dans cet affreux sommeil. J'ouvris une fenêtre afin
de respirer l'air pur du matin, et je m'aperçus qu'un
violent orage avait désolé la campagne et presque en-
tièrement détruit la riante économie de notre jardin.

Les fleurs gisaient, noyées sur le sol, plusieurs arbres avaient été renversés par la tempête ; les pampres,
brusquement agités par le vent qui soufflait encore par
rafales, traînaient à travers les allées, et donnaient à
ce coin de terre si bien cultivé l'aspect d'un lieu aban-
donné et désert. Enfin, une cloche résonnait réellement
au loin ; mais elle murmurait doucement l'Angelus.
Alors, je compris que tous ces bruits, joints à la pesanteur de l'atmosphère, pouvaient bien avoir provoqué
l'horrible cauchemar qui m'avait accablée.

Cependant, le temps s'éclaircit, le soleil parut, il vint
ranimer cette nature désolée, et acheva de rasséréner
mes esprits. Mais ce qui me rassura mieux encore, ce
fut la vue de Samarite que j'aperçus à peu de distance,

non pas avec l'aspect effrayant qu'il m'avait présenté
en rêve, mais avec la joyeuse allure du triomphe. M.
Germance lui avait donné rendez-vous de bonne heure,
et Samarite attendait son réveil, en se promenant aux
alentours.

Vous qui ne croyez point aux rêves, Diane, qu'allez-
vous dire de celui-ci, qui s'accorde si bien avec vos préventions? Si, malgré le trouble qu'il me cause encore, je
n'étais fort rassurée moi-même, je vous prierais de
m'écrire une lettre bien raisonnable pour dissiper mes
folles terreurs; mais ce serait folie; celle que j'ai reçue
de vous, il y a quelques jours, n'en a-t-elle pas au contraire augmenté la pénible impression? Et puis, d'ailleurs, pendant les deux mois qui s'écouleraient avant
que notre réponse ne me parvînt, combien de fois puis-je
avoir occasion de m'effrayer encore et de me rassurer de
nouveau.

Voilà qui doit vous paraître bien étrange, sans doute;
et vous allez vous demander comment on accepte une
situation qui cause de pareilles alternatives; mais si
vous n'avez pas oublié le caractère de celle qui vous
écrit, ma chère femme forte, vous comprendrez ces dispositions tout étranges qu'elles sont. Oui, telle est ma
superstition à l'égard de la destinée, qu'il me semble
que rien ne saurait changer aujourd'hui le cours des
choses; pas même ma volonté, qui, cependant, pourrait être toute puissante dans cette circonstance. Peut-
être, allez-vous accuser ma volonté d'être d'accord avec
une destinée si funeste? Il n'est que trop vrai, Diane;
mais c'est en vain que nous chercherions à l'éviter; il
existe une volonté plus forte que la nôtre, et devant
laquelle nous devons fléchir; lorsqu'elle a manifesté ses

desseins, que pourrions-nous leur opposer? Quant à ce
qui me regarde, il y a dans les événements, si simples
en apparence, qui se sont accomplis autour de moi depuis plus d'un an, quelque chose de si remarquable, que
je m'incline en présence de cette sorte de jugement suprême.

En effet, consentez à vous placer un instant avec moi
au même point de vue, et voyez s'il n'y a pas lieu d'être
frappée d'un tel concours d'événements. Songez d'abord
à l'existence que l'on mène ici, à notre solitude absolue,
solitude que mon tuteur est venu chercher dans un lieu
où il voit à peine quatre fois par année, ses plus chers
amis, et d'où se trouve exclu tout nouveau venu comme
un ennemi redoutable. Eh bien, considérez maintenant
par quelle espèce de miracle Samarite fut conduit au
milieu de nous : il naît à deux cents lieues d'ici, sa condition semble devoir l'attacher à son sol natal; mais une
irrésistible vocation l'entraîne, il part, et ne vient trouver que la déception et le désespoir, où il croyait trouver la réalisation d'un bonheur, que la duplicité des
hommes ne rend que trop chimérique. Un jour, enfin, ce
désespoir le pousse au suicide; il s'éloigne de sa demeure; la fièvre, le délire le conduit; où s'arrête sa course
fatale? à deux pas de notre maison, et dans un lieu où
nos gens seuls ou ceux du marquis pouvaient le découvrir. Sa catastrophe même et les incidents qui l'on suivi le rapprochent de nous, et vous savez par quelle
suite de circonstances étranges pour nous, mais fort
simples en réalité, les choses en sont venues où elles se
trouvent actuellement. Vous allez me demander peut-être
ce que je veux en conclure : eh bien ! il me semble que
ce n'est point un hasard aveugle qui a dirigé ainsi les

événements et qui a conduit près de moi Samarite... Je
me soumets à mon sort : soit que mon propre penchant
m'entraîne, comme vous tenez tant à me le prouver,
Diane ; soit que le destin l'emporte sur tout ce qu'on
pourrait lui opposer. Ne soyez donc plus si sombre à
l'avenir, inexorable sibylle ; ne me faites plus peur ; et
songez que, quoi qu'il arrive, tout est presque dit pour
moi désormais.

XVII.

LÉONCE A SAMARITE.

Vous ne m'écrivez plus, Samarite ; à quoi donc avez-
vous passé votre temps pendant ces longs mois de silence ? Qui sait où peut vous avoir encore entraîné votre aventureux esprit ? J'écris à tout hasard chez le
marquis, y êtes-vous toujours?

Si je m'informe ainsi de votre séjour, c'est que l'occasion se présente enfin de vous voir, après une séparation que des évènements funestes n'ont que trop
longtemps prolongée. Une affaire de famille m'appelle à
Paris ; dans quelques jours, je serai près de vous, et
cet espoir a réveillé en moi de si bons, de si chers souvenirs, que je ris maintenant de l'indignation que m'ont
fait éprouver vos dernières lettres : je suis fou, et vous

ne sauriez être si perfide; votre esprit facile et vagabond
a bien pu se prêter aux fallacieuses suggestions du marquis; mais votre cœur est resté étranger à ces viles
manœuvres; non, Samarite s'est souvent trompé lui-
même; il n'a que trop souvent été la victime de l'astuce, de la perversité des hommes, mais il n'a jamais
failli aux principes d'un noble cœur; non, vous avez
été malheureux, mais jamais lâche ni perfide; si vous
avez manqué de foi en vous-même, ce malheur n'a
frappé que vous seul.... Telle est la confiance que j'ai
en vous, Samarite; et pourquoi cette confiance renaît-elle
en moi si fervente? c'est que je vais vous revoir et que
je ne puis vous supposer différente de ce que vous étiez
naguère. En effet, l'espoir de nous retrouver après des
années de si rudes épreuves, a rappelé plus vivement
à ma mémoire les vastes et généreux projets de votre
jeunesse, votre abnégation, votre audace. Je me suis
reporté en pensée à cet heureux temps où un monde
entier à moraliser et à instruire vous semblait chose si
simple et si facile, en raison de la foi qui vous animait.

Enfin, j'ai songé aux mornes déceptions qui ont suivi
pour vous de si brillantes espérances.... Où se sont évanouis tant de beaux rêves; qu'est-il advenu de nos laborieux et immenses desseins? L'égoïsme a flétri du nom
de chimères ce qui s'y trouvait de bon, et le temps et
l'expérience ont fait justice de leurs erreurs. Mais ce
qui me rassure aujourd'hui, c'est de penser que celui
qui fit vœu d'un si généreux apostolat ne peut déchoir
à ce point de devenir sans foi et sans cœur. Non, non,
ce n'est pas vous qui joueriez lâchement le rôle perfide
que vous souffle le marquis; ce n'est pas vous qui profi-
teriez de l'avantage que vous donne sur elle une femme

comme Savinie, dont des sentiments exaltés par la solitude font une proie trop facile pour votre gloire. Non, celui qui a été généreux jusqu'au délire ne saurait devenir lâche au-delà des bornes.

Telle est la confiance que m'a rendu le retour que j'ai fait sur votre passé; je crois encore en vous, Samarite, oui, malgré vos abominables tirades, malgré l'affectation que vous mettez à vous représenter si méchant, j'ai confiance en votre cœur sinon dans votre vacillant esprit; car, nous le savons tous, ce ne sont pas toujours les plus mauvais écoliers qui font l'école buissonnière. Mais que faites-vous? où êtes vous? J'attendrai votre réponse pour me mettre en route; hâtez-vous de me dire où je pourrai vous rencontrer. Adieu.

XVIII.

SAMARITE A LÉONCE.

Ce que je fais, Léonce! Parbleu! la question est charmante. J'administre mon bien, je touche mes revenus, je me lance dans des spéculations riches d'émotions nouvelles pour mon pauvre cœur blasé, et cette dernière occupation est aujourd'hui la plus attrayante de ma vie. En deux mots, nous avons été vainqueurs sur tous les

11

points, et je suis maintenant le tranquille possesseur de
la forteresse et des priviléges qui y sont attachés.

Quand je dis que nous avons été vainqueurs, vous
comprenez de quelle conquête je veux parler. O Léonce!
quel est donc le prestige qu'exerce sur la race humaine
ce métal que les philosophes et les sages, dans leur au-
stérité peu sincère peut-être, affectent de tant mépriser?
Comme il assouplit toutes choses au gré de celui qui le
possède! Soit que certain projet ambitieux aiguillonne
mon cerveau; soit qu'un caprice, une simple fantaisie
me traverse l'esprit, tout se réalise pour moi avec la
même promptitude que si la baguette d'un magicien en
avait ordonné l'accomplissement. C'est une merveille,
Léonce! Que je voudrais que vous pussiez me voir au
milieu de mon manoir, trônant en maître, faisant agir
du regard et du geste la petite multitude qui m'entoure!
Valets, femmes, nouveaux amis, tout s'incline devant ma
volonté toute puissante. Tels sont les priviléges que m'a
donnés la châtelaine du lieu dont j'ai reçu la soumission.

En vérité, c'est quelque chose de merveilleux que
cette Savinie! Vous la prenez, Léonce, pour un être
exalté, dont l'imagination, devenue d'autant plus active
dans la solitude, a dû s'exagérer les choses de la vie;
ce n'est pas exactement cela, mais ce qui la caractérise
n'est pas moins étrange: c'est une fille élevée tout d'une
pièce, si l'on peut se servir de cette expression; c'est-
à-dire nourrie des bons, des meilleurs principes du vieux
temps; croyant au bien, à la probité, à la justice, à
l'honneur, non pas en théorie, comme quelques hommes imaginent de prêcher ces vertus, pour un temps
donné, et à certaines conditions, mais comme immua-
blement établies sur la terre. Oh! c'est fort beau, sans

doute ; mais ces idées ont un défaut, c'est de n'être plus
de saison.

Pour ce qui est de Savinie, sa confiance dans son
semblable est si ingénue, qu'elle passerait presque
pour de la simplicité d'esprit, si l'on se sentait le courage de qualifier de la sorte une aussi singulière abnégation. Si vous aviez vu la noble damoiselle se révolter
contre les privilèges que lui accordait la loi à propos
des questions d'intérêts que l'on juge à propos de débat-
tre, au moment où l'on est censé mettre en commun les
sentiments les plus sacrés. Il n'est que trop vrai, Léonce,
qu'il existe dans nos mœurs, dans nos coutumes, dans
nos lois les contradictions les plus étranges ; et, par
exemple, lorsqu'il s'agit du pacte qui engage deux époux,
que pensez-vous des sûretés pécuniaires que la femme
a le droit de se réserver dans le contrat, contre l'époux
à qui elle confie aveuglément et sans retour son existence, son amour, son honneur ! Mon Dieu ! quand
j'appelle cela une contradiction, je me trompe, sans
doute ; car, n'est-ce pas plutôt la logique conséquente de
l'esprit de notre époque, où tout se pèse au poids de
l'or, ou, pour mieux dire, où l'on ne pèse que l'or ? Né-
au moins, la fière Savinie refusa de profiter d'un privilège qui lui parut indignement bizarre ; elle ne voulut
pas qu'on pût supposer qu'elle prisât moins l'abandon
de sa personne que celui de ses richesses ; sa tranquille
confiance ne se démentit point dans cette circonstance ;
et voilà comment je me trouve aujourd'hui le maître
absolu, le dispensateur du plus beau million de France
et de Navarre.

L'on a beau dire, Léonce, c'est une belle chose que la
richesse ! Me voilà donc enfin en possession de ce mer-

veilleux véhicule qui va me rendre tout possible ! Que
pourront m'opposer maintenant ceux qui ont ri jadis de
l'impuissance de mes trop généreux desseins, parce
qu'ils se sentaient forts de leur résistance égoïste ?
comme ils vont s'incliner et s'amoindrir, aujourd'hui
que la fortune me donne raison ; et moi, avec quelle
joie ne vais-je pas leur disputer ce qui fait l'objet de
leur ambition, et, avec l'espoir de l'emporter sur eux
cette fois ! Oh ! il ne s'agit plus de *vains rêves* ni de
chimères; ce que je veux, c'est ce que veut leur égoïsme ; peut-être une semblable rivalité leur paraîtra-t-
elle plus redoutable...

Tel est le but que j'envisage sans cesse, et mon
esprit se fatigue malgré moi à méditer les coups qui
peuvent l'atteindre, et les moyens de rendre ces coups
plus sûrs. Car, qu'est-ce qu'un million par le temps qui
court, s'il ne représente la possibilité de l'augmenter de
plusieurs autres?.. Je sens que je deviens insatiable
quand ces pensées m'assiègent.

Et cependant, je dois l'avouer, ma nouvelle situation
est déjà bien belle, et vous allez en juger, Léonce ; je
veux vous recevoir comme un roi, mon noble ami !
Car vous vous décidez, enfin, et nous allons nous
revoir.

Hélas ! cette réception ne ressemblera point à celle
que je vous fis naguère dans mon pauvre logis du quartier latin, où nous fûmes obligés de tout partager, et
que je devais quitter avec un si sombre désespoir !..
Mais, quant à la sérénité de nos pauvres âmes, sera-
t-elle plus pure sous mes riches lambris ? L'espérance
nous visitera-t-elle aussi brillante, aussi vaste..., aussi
mensongère qu'autrefois ? Que nous allons nous trouver
vieux et changés !

XIX.

SAVINIE A DIANE.

Le temps est certainement un puissant conseiller, Diane, et vous avez raison quand vous invoquez son imposante sanction, plutôt que l'infaillibité de vos oracles. Mais aussi, sa marche est parfois tellement précipitée, qu'elle nous entraîne malgré nous, avant que nous n'ayons pu profiter de ses éloquents avis ; c'est un Dieu tout aussi capricieux que les autres, croyez-moi. Mais pourquoi donc aussi attendre l'accomplisement d'une réalité, souvent malheureuse, au lieu de saisir les rares éclairs de bonheur qui viennent embellir nos jours ? Sont-ils donc toujours tressés de roses, pour que nous dédaignions ce qui peut les rendre moins arides ? Les sages, qui savent si bien supputer les chances de la vie, nous invitent à ne rien remettre au lendemain : il ne faut pas mépriser les avertissements des sages. Mais où vais-je me perdre, et pourquoi commencer ainsi ce que j'ai à vous dire ? En vérité, c'est presque vous donner gain de cause, que d'aborder la question avec tant de détours ; cependant, il faut bien vous préparer à un événement que vous regardiez comme si funeste ; un peu de courage donc, ma chère Diane, puisque tout est dit... Je suis la femme de Samarite...

Oui, Diane, tout est dit : car les choses sont arrangées de telle sorte à notre égard, que lorsque la main du destin a posé sur nos fronts l'antique voile de l'hymen, elle n'a plus rien à faire pour nous et se retire ; désormais nos jours vont s'absorber et se confondre dans une autre existence dont la volonté décide... Cependant, ce n'est pas moi qui me plaindrai de la sévérité d'un pareil sort ; on fait beaucoup trop de bruit, Diane, d'une dépendance qui nous est si chère quand elle vient de ceux que nous aimons, et je vous assure que l'on se soumet volontiers à de semblables tyrannies. Pour moi ; je suis heureuse de voir que Samarite est le maître ici ; que de lui seul dépend à jamais tout ce que ma vie doit renfermer de joies ou de larmes, qu'il ne ne me quittera plus ; que la mort seule peut terminer notre union ; mais aussi, qu'en retour, je suis presque son ange gardien : je le sauve du désespoir, je le soustrais aux révoltants dédains, aux tristes injustices des hommes. Ne me parlez plus, ma chère Diane, de ces affreuses méprises qui troublent pour toujours l'existence de ceux dont les vues ambitieuses ou sordides ont dirigé le choix ; Qu'avons-nous de commun avec ces êtres sans âme ?

Ainsi donc vos oracles doivent se taire aujourd'hui : le temps, que vous invoquiez, leur a donné tort ; le passé et le présent échappent à vos noirs décrets ; espérons que l'avenir ne sera pas plus sombre.

XX.

LÉONCE A SAMARITE.

Je n'irai pas vous voir, Samarite ; ce voyage, je puis
le remettre ou en confier à d'autres le soin lais-
sons passer sur les événements qui viennent de s'accomplir un peu de ce temps qui change si profondément
toute chose suivant votre propre expression.

Vous en êtes donc venu à vos fins , et aucun remords
ne vous a retenu en songeant à la destinée que vous al-
liez imposer à celle qui vous sacrifie tout; je ne veux pas
revenir sur cette triste question : quand le mal est fait
ce ne sont plus de sévères objections qu'il faut adresser
au coupable, il faut essayer de lui montrer les moyens,
sinon de le réparer , mais d'en amoindrir les funestes
effets. C'est ce que je veux entreprendre , Samarite , si
toutefois vous n'avez pas encore pris ma morale en trop
grande indifférence.

Ce n'est que trop vrai : il est toujours plus facile
de commettre le mal que de le réparer; mais dans cette
circonstance , ne vous est-il pas facile d'employer pour
adoucir vos torts, les moyens mêmes qui vous ont si
bien servi à faire votre vilaine action ? Vous avez bien
su tromper Savinie, quand il s'est agi d'arriver à l'ac-

complissement de votre détestable dessein; ne pour-
riez-vous la tromper aujourd'hui dans un but plus cha-
ritable, celui de faire durer le plus longtemps possible
dans son cœur une illusion qui est maintenant tout son
bien? Mentez donc, puisque vous le savez si bien faire,
mais que ce soit cette fois dans une honnête intention.

Il fut un temps où les souffrances humaines faisaient naître en vous une haute sympathie; où les rudes épreuves dévolues à l'homme vous plongeaient dans
les plus laborieuses pensées, où les douleurs de la femme, plus profondes, peut-être, plus silencieuses, plus
inconnues, n'excitaient point en vous un attendrisse_
ment moins vif. Avez-vous oublié les causes que vous
attribuiez à tant de maux, dans ce temps où vous vouliez, *à toute force*, du bonheur pour tous? Songez donc
un peu plus aujourd'hui à ces mystérieux tourments de
celle à qui seule est confié le souci du foyer.

Mais aucune de vos paroles ne témoigne que vous
y ayez même songé; vous analysez avec une froideur
superbe vos nouveaux droits de seigneurie, vous parlez des merveilles de votre puissance, de l'étonnante
magie de votre or, de spéculations ambitieuses qui
sont, dites-vous, ce qu'il y a de plus palpitant d'intérêt
pour vous; mais quand vous prononcez le nom de Savinie, c'est avec la plus incroyable insouciance, ou bien
pour plaisanter à propos de ses vertus surannées,
auxquelles, cependant, vous devez d'avoir su paraître
ce que vous n'êtes pas. On dirait, à vous entendre,
que vous ne l'avez acceptée que comme une condition
obligée du marché, comme partie intrinsèque de ce
que vous convoitiez.... Mais rien en vous ne révèle
même cette sollicitude si simple que ressent tout homme

qui mérite ce nom, pour les êtres que le sort a placés sous sa sauvegarde.

Telle est donc la triste voie dans laquelle vous vous êtes engagé, Samarite, que je ne vois pour la pauvre Savinie d'autre espoir de félicité que dans un généreux mensonge de votre part.... Puisse le repentir vous l'inspirer, et vous donner le pouvoir de faire cette étrange réparation. Adieu.

XXI.

SAMARITE A LÉONCE.

Vous n'êtes point sujet aux tergiversations d'esprit de notre pauvre espèce, mon cher philosophe; on ne saurait vous comparer, pour l'immuabilité qu'au dieu Amanon, ou à la pyramide, dont la majestueuse immobilité étonne sans cesse l'Arabe vagabond du désert. Les variations de la lumière, la différence des points de vue d'où il la contemple, peuvent bien en imposer un instant au nomade voyageur, et lui faire supposer que cette masse gigantesque a pu changer de place, mais un coup-d'œil plus attentif lui démontre bientôt toute l'erreur de sa vision. Mais si vous avez, Léonce, l'inaltérable gravité de la pierre à laquelle je prends la liberté de vous comparer, que vous êtes loin d'en avoir l'insensibilité! Quel vaillant

12

champion de la vertu délaissée, quel intrépide redresseur
de torts vous faites! est-ce donc à mon tour aujourd'hui
d'arrêter une ardeur si aventureuse, et aurions-nous
changé de rôles?

Mais quelles raisons vous portent à croire que je
dois être une infaillible cause d'infortune pour Savinie
et qui vous a dit, mon impertinent ami, que je suis
un mari dés agréable? N'ayez aucune inquiétude au
sujet de celle dont vous vous déclarez ainsi le chevalier:
il ne faut pas s'imaginer que les femmes aient toutes
de ces exigences de divinités dont nous étourdissent
leurs très maladroits champions; il y a de ces êtres pri-
vilégiés qui savent trouver en eux mêmes tout le secret
du bonheur, lequel consiste le plus souvent à savoir se
contenter de ce qu'on possède, et pour qui la tendre abnégation qu'ils aiment à faire de leurs personnes en faveur de ceux qu'ils chérissent, est une source de
jouissances que ne saurait certes donner aucun de nos
systèmes de félicité sociale. Savinie est de ce nombre:
ne croyez pas cependant que cela tienne à cette mé-
diocrité d'intelligence qui tempère les aspérités du caractère; il y a au contraire chez cette jeune femme
plus d'esprit et de savoir qu'on ne pourrait le sou-
pçonner; mais ne craignez pas non plus que le sentiment de sa supériorité la porte jamais à se proclamer
épouse incomprise ou méconnue, ou à méconnaître
elle-même la nature de ses attributions; c'est une merveille, en vérité, que la silencieuse harmonie qui règne
dans ce séjour; on dirait que la main d'une fée y ordonne
les choses pour la plus grande satisfaction de ses habitants; quelle est cette fée si ce n'est Savinie, qui, dans
la préoccupation constante du bien-être de ce qu'elle

aime, soigne et embellit le sanctuaire du foyer dont elle
se fait en quelque sorte la grande prêtresse, et dont le
souci ne paraît pas l'avoir encore atteinte que je sache,
mon cher moraliseur. Libre à vous de dire que c'est du
temps perdu de sa part; sans doute, je n'ai pas pour
Savinie une affection bien vive, je ne sais même si je
puis donner à ce sentiment le nom d'affection ; mais
quel que soit le degré où vous me supposiez morale-
ment descendu, me croyez-vous donc devenu pervers
à ce point d'imposer volontairement une existence malheureuse à un être dont le seul crime est de ne savoir
me plaire; car je ne veux pas parler de la reconnaissance
que vous croyez devoir me conseiller.

Pour ce qui est du bonheur que procure à Savinie le
culte de ses affections, il est menacé de subir une pénible épreuve: le brave docteur Germance est mourant;
ce malheur afflige si profondément Savinie qu'il est à
craindre que la perte du vieillard ne compromette la
vie de sa pupille ; eh bien ! Léonce, malgré ce que vous
pouvez dire de l'insensibilité de mon cœur, la fin prochaine du vieux Germance m'affecte sérieusement, et
cependant, sa présence dans ce monde a souvent été
pour moi un grand obstacle à l'exécution de mes projets; non pas que je ne sois le maître de gouverner les
choses à ma fantaisie, mais la mine du docteur s'allonge
si tristement à la moindre intention de ma part de
transposer la moindre parcelle de notre fortune commune
aujourd'hui que la crainte de chagriner ce vieillard m'a
toujours retenue. Certes, une pareille délicatesse est
encore un de mes bons côtés; en dépit de vos sombres
déclamations, il est certain que depuis ma prise de possession sur ce domaine, j'ai laissé passer les plus ma-

gnifiques occasions de m'élever très haut au moyen de quelques faibles sacrifices que je pouvais faire, sans cette sorte de malheureux veto du docteur.

Mais, j'en appelle à toutes les puissances invisibles, Léonce, jamais cette contrariété, si préjudiciable à mes vues, n'a fait naître en moi un désir coupable. Aujourd'hui la mort du docteur va me laisser libre.

Mes vues, Léonce, sont immenses! mais elles sont bien différentes de celles que j'avais autrefois, et j'ai acquis un savoir-faire auquel doivent résister difficilement les obstacles ; le plus intéressant de la partie est encore à jouer, et ce n'est point ici qu'elle peut se terminer. Je veux quitter cette masure ridicule où je ne puis recevoir les nouveaux personnages avec lesquels je me trouve en relation, ce que je ne pouvais faire du vivant de Germance, qui y avait pris racine, et je veux retourner dans ce grand centre d'intrigue, où tout me sera plus facile. C'est donc là que je vous recevrai, Léonce ; car, malgré votre boutade, je n'ai pas perdu l'espérance de vous voir; je vous attends toujours.

XXII.

LÉONCE A SAMARITE.

Vous ressemblez à tous les enfants gâtés, Samarite, bien que l'on doive convenir, que sous plus d'un rapport, le titre de favori de la fortune ne peut vous être

appliqué. Mais, en vous entendant vanter de la sorte
la droiture de votre cœur et votre édifiante patience,
et à propos de quoi, grand Dieu ! à propos du reste
de vie d'un pauvre vieillard qui vous gênait. Il me
semble entendre un de ces êtres mal élevés, qui,
après avoir brisé les meubles, saccagé la maison, frappé les animaux et les domestiques qui ont le malheur
d'en faire partie à leurs yeux, vous disent avec une
ingénuité qui fait ébahir leur mère, qu'ils ne l'ont pas
fait exprès, et qu'ils ignorent comment la chose a pu se
faire. Ce n'est point une contre-partie de votre compa-
raison que je veux faire ici ; mais convenez que vous
avez tort de vous vanter d'une chose qui devrait vous
paraître si simple et si naturelle.

Hélas ! ces petites négations du mal vous semblent
aujourd'hui de belles actions ; vous, vous étonnez de
les avoir accomplies, et vous en êtes fier.

Votre mansuétude à l'égard de Savinie n'est pas un
moins grand sujet de glorification pour vous. Il est si
exemplaire de ne point accabler cette pauvre femme
sous le joug qu'elle même a mis entre vos mains ! Enfin,
lorsqu'on vous exhorte à respecter la plus chère de ses
illusions, vous répondez qu'un pareil ménagement est
superflu, puisque Savinie est un de ces êtres privilé-
giés qui trouvent le bonheur dans leurs propres sacrifices. Sans doute il est de ces êtres profondément
dévoués et aimants pour qui les sacrifices sont autant
de joies ; mais croyez-vous donc qu'un dévoûment semblable ne demande nul retour ? Si ce n'est le même abandon de votre part, la certitude que ce qu'ils donnent
est senti, agréé, est du moins une satisfaction pour
des cœurs si prodigues et si peu exigeants ; mais quand

une aussi constante abnégation d'eux-mêmes est acceptée comme un simple devoir, ou comme une conséquence toute naturelle de leur caractère , croyez-vous qu'a-
lors ces cœurs si faciles à contenter ne puissent se
révolter et cesser d'adorer l'idole? Mais telle est votre
confiance dans les dispositions heureuses de votre
femme et dans votre bénignité, que vous vous flattez
de ne pouvoir cesser d'être l'objet de sa facile admiration. Il y a bien de la fatuité, sans doute, dans cette
opinion, Samarite, mais il y a encore plus de bizarrerie,
je crois , dans votre manière d'analyser les qualités que
vous accordez à Savinie.

Vous vous étonnez qu'un être dont les facultés et le
savoir sont supérieurs puissent se trouver satisfait de
la modeste condition que lui assigne la nature aussi bien
que la société ; et vous ne pouvez mieux vous expliquer
ce contre-sens, qu'en vous adjugeant le mérite qu'il peut
avoir. Je ne partage pas tout-à-fait ce sentiment, pas
plus que l'opinion communément reçue que les lumiè-
res sont inutiles à ceux dont l'existence est dépendante
et bornée, si elles ne sont pas encore pour eux un incon-
vénient ou un malheur. Non, telle ne peut pas être la
faculté donnée de Dieu à sa créature d'aspirer à la perfection et à l'accomplissement de ses voies sacrées.
Certainement , Dieu n'a point doué toutes ses créatures
des mêmes aptitudes et des mêmes penchants , mais il
n'a interdit à aucune ce que l'Evangile appelle le pain de
l'intelligence. Il ne faut pas croire que la véritable lumière soit, pour certains individus, un flambeau ridicule
qui leur fasse envisager d'un œil dédaigneux les trop
humbles côtés de leur condition; je crois au contraire
que ceux dont l'esprit est éclairé peuvent seuls les domi-

ner et n'être point abaissés par leur petitesse, et qu'ils sont les seuls qui ont le sentiment sérieux de leur tâche, aussi bien lorsqu'elle est humble et infime, que lorsqu'elle est noble et élevée. Enfin, je pense comme cet écrivain qui disait que si le ciel avait accordé à l'homme plus de génie, il en aurait d'autant plus de vertu.

Mais je ne sais si ce mot est encore de mise : car je crains que vous ne soyez pas seulement tombé dans la triste négation du bien, mais que votre mauvais génie ne vous pousse encore à quelque désastreuse entreprise. Vous parlez d'ambition, de spéculations intéressées, et enfin de vastes projets ; que peuvent-ils être ? hélas ! Je voudrais n'avoir à redouter de votre part que les mauvais rêves d'un esprit malade ; mais on n'a que trop lieu d'appréhender aujourd'hui de les voir se transformer en une déplorable réalité. Ce n'est point où vous êtes que vous pourrez jamais retremper votre âme ; ce n'est pas au milieu de ces demi-vices, de ces demi-vertus, de cette sorte de dissolvant moral, qui vous entoure, que l'on peut se relever quand on a fléchi comme vous sous son propre poids. Mais que puis-je vous dire que je ne vous aie point dit encore ? Quant à aller vous rendre visite de si loin, sans doute c'était mon désir, et ce voyage n'est que différé ; un jour donc, j'irai voir ce que devient Samarite ; et comment vous pouvez vous y prendre pour brûler ce que vous avez adoré et adorer ce que vous avez brûlé, faible et débile Sicambre !

XXIII.

SAVINIE A DIANE.

Toutes les nouvelles que je reçois de vous, Diane, m'annoncent que vous êtes heureuse: c'était donc au-delà des mers que vous deviez rencontrer le bonheur, ce mirage trompeur qui nous attire sans cesse et qui fuit toujours? Mais lorsque nous le touchons enfin, est-il jamais assez près pour qu'il ne s'y mêle pas quelque funeste mélange... Diane, ce n'est pas de votre bonheur que je veux parler, c'est du mien.

Mon vénérable Germance n'existe plus : cette douloureuse séparation devait être un des plus tristes événements de ma vie; mais j'ignorais qu'une aussi affreuse pensée dût l'accompagner; celle du remords, car je ne saurais donner un autre nom à l'angoisse qui m'agite.

Depuis longtemps, la vague inquiétude qui s'était élevée naguère dans son esprit au sujet de Samarite, semblait le tourmenter de nouveau ; et malheureusement, un fâcheux enchaînement de circonstances entretenait son erreur, bien qu'en réalité, aucun sujet sérieux d'appréhension n'existât pour personne ici. Mais les fréquentes et longues absences de Samarite l'attristaient de plus en plus, et sa silencieuse douleur n'était que trop visible. C'est, hélas ! ce silence qui augmenta mon angoisse. Aucune plainte ne s'échappa de ses lèvres, et il vit approcher sa dernière heure sans s'informer de celui qui était absent, car j'étais seule dans cet affreux moment ; mais qu'il m'était facile de deviner chaque nouvelle inquiétude, chaque nouvelle défiance qui s'élevaient dans son esprit ! Cependant cette malheureuse opiniâtreté de mon tuteur m'ôta tout pouvoir de le rassurer sur les vaines appréhensions qu'il avait conçues, et ce souvenir m'obsède comme un remords.

Il est vrai que Samarite était forcé de s'éloigner souvent, et que ses absences se prolongeaient quelquefois plusieurs jours. Mais faut-il s'en étonner quand on connaît les hauts motifs qui le font agir, et peut-on exiger, qu'avec tout ce qu'il possède pour être utile aux hommes, il consente à adopter une manière de vivre qui convenait à peine à un vieillard, solitaire par goût, et fatigué du bruit du monde ? Mon pauvre tuteur avait-il oublié que lui aussi avait payé sa dette à ce monde, qu'il n'aimait plus, et que tous les hommes se doivent à lui, bien qu'ils soient condamnés à lui sacrifier plus qu'il ne saurait leur rendre. Quant à moi, je ne puis en vouloir à Samarite de se consacrer aussi ardemment à la réalisation des grandes choses qu'il médite, et il serait bien puéril à moi de me préférer à sa gloire et au bien d'autrui. Samarite n'est point un homme ordinaire qui puisse se soumettre aux monotones habitudes d'une existence vulgaire ; il lui faut un plus vaste théâtre ; il faut bien que la hauteur de la scène soit en harmonie avec la grandeur de l'homme et celle de son rôle.

Cependant, j'avoue que la nécessité d'abandonner aujourd'hui cette demeure pour suivre Samarite me coûte un peu, car j'y laisse mes plus précieux souvenirs,

13

et je ne sais combien peut durer cet absence ; mais de
grands changements sont indispensables dans notre
manière de vivre, et Samarite n'a que trop longtemps
tardé, dit-il, par respect pour les tristes préjugés de
mon tuteur, à exécuter mille choses importantes à ses
vues pour l'avenir. Pourrait-on trop aimer, Diane, cette
excessive et condescendante bonté, qu'arrête la crainte
de blesser un vieillard, quand de si grands intérêts
sont en jeu ? Et comment ne pas l'admirer, surtout dans
un homme aussi sérieusement préoccupé que Samarite?
Il est bien vrai, Diane, que la douceur chez un être fort
a quelque chose de divin!

Toutefois, si l'on m'interrogeait, pour savoir jusqu'à
quel point s'accorde avec tant de grandeur la félicité
plus modeste que j'avais rêvée, que devrais-je répon-
dre?... Car je suis seule, et un peu isolée au milieu de
ce qui m'entoure; et mon sévère Samarite, qui pourtant
est la bienveillance même ne me prend pas toujours
pour confidente de ce qui fait l'objet de sa généreuse
ambition. Je veux me taire devant des scrupules que je
ne puis comprendre, et que le temps détruira, s'ils exis-
tent... Adieu, ma chère Diane, je crois que je compte un peu trop sur votre prompt retour, depuis que
tant de joies vous visitent là-bas. Mais il ne faut pas interrompre les heureux : *Jouis du bien présent, et compte peu sur le lendemain*, disent les Chinois, et ils ont
raison !

XXIV.

SAMARITE A LÉONCE.

Ce n'est plus par mois seulement que je compte la durée de votre silence ; des années presque entières s'écoulent maintenant, sans que votre goût si prononcé pour la morale me vienne en aide pour arracher un mot de vous. Je suis loin d'être un moraliste, Léonce ; mais je n'en ai pas l'humeur moins communicative pour cela et si je ne pouvais, de temps à autre, me persuader que j'existe, en prenant pour confident de mes pensées un être vivant, je me croirais mort. C'est surtout lorsqu'un nouvel attrait s'est emparé de mon pauvre cerveau, que j'aime à vous importuner de tous les rêves qu'il y fait naître, mon cher Léonce. Aujourd'hui, ce qui me préoccupe, n'a rien de bien entraînant ; mais je vois la porte ouverte à tant de petites satisfactions que j'avais à cœur d'atteindre, que je ne puis m'empêcher de me réjouir, et de vous en faire part.

On se soumet volontiers, par nécessité, à un joug dont on sent le pouvoir et l'utilité, mais c'est toujours un joug, et, de tout temps, ce même a qui passé pour tel, a toujours paru trop pesant. C'est ce qui m'arrive avec le marquis : je suis las de la supériorité de cet homme, et de la manière dont il l'impose ; cependant, il

n'est pas facile d'échapper à ses liens, et l'on ne peut y
parvenir qu'en luttant d'adresse et de ruse avec lui, sous
peine d'éveiller sa jalouse défiance ; c'est à quoi je tra-
vaille avec quelque succès déjà, mais comme cette sorte
d'affranchissement est long à opérer, je n'ai rien trouvé
de mieux pour me faire prendre patience, que de saisir
l'occasion qui vient de se présenter d'exercer sur un autre, à mon tour, un peu de cette influence despotique
que je suis obligé de subir. C'est une chose étrange que
ce désir de domination chez l'homme qui se sent dominé
lui-même! Cependant, je crois que ce n'est pas seulement
le plaisir d'imposer ma volonté qui agit sur moi dans
cette circonstance ; voici le fait.

Le hasard m'a fait rencontrer fort à propos un jeune
désœuvré de bonne maison, dont la fortune est immense
mais que l'ennui dévore, parce qu'il a abusé de tout,
sans savoir profiter de rien. C'est un être assez nul, et
qui n'a conservé des nobles sentiments de ses aïeux
que celui du point d'honneur, sur lequel il est fort cha-
touilleux, et une grande prodigalité. Je me suis avisé
de lui mettre l'intrigue dans l'esprit et cette idée lui a fait
dresser la tête comme à un cheval de bataille au son du
clairon; non pas que l'intérêt le domine, c'est simplement *per il piacere e per l'onore*, comme disent les Ita-
liens ; quant au reste, c'est moi qui ordonne toute chose. Tel est notre pacte; je l'occupe et l'amuse, et il me
laisse disposer de son or pour le plus grand honneur
de nos projets... Mais, pourquoi donc allonger ainsi votre visage, Léonce ? Croyez-vous qu'on puisse être le
mauvais génie d'un pareil homme? Tout le mal n'était-il
pas fait d'avance, si mal il y a ?... Non, jamais un élan
généreux ne sortit de son cœur, jamais une noble émo-

tion ne le fit palpiter; c'est un être sans foi et sans but, qui promène son insuffisance dans ce monde où il est le bien-venu, dans ce monde, qui semble vouloir rejeter de son sein toute substance trop pure, comme s'il avait conscience des tristes éléments dont il est composé. On ne saurait donc détruire chez ce jeune homme ce qui n'a jamais existé chez lui. De quoi donc suis-je coupable, quand je cherche tout simplement à satisfaire un inno-cent désir de domination , et à profiter du superflu de Gernand pour réparer le déficit que mes opérations ont apporté dans notre fortune ; car, jusqu'à ce jour , elles n'ont point été heureuses; mais la chance à tourné; elle m'est favorable aujourd'hui; et je consens à être con-damné à tout perdre si je n'arrive enfin à mon but.

Cependant, si je dois dire ici toute ma pensée, je crois bien que ce qui me séduit dans cette affaire, n'est pas ce qui charme seul Gernand; et que Savinie n'est pas étrangère au penchant auquel il semble se laisser en-traîner. Mais ai-je le droit d'être jaloux? Que m'importe? Je ne veux pas même m'arrêter à examiner si le fait est vrai. Vous m'accusez, Léonce, d'avoir détruit pour tou-jours dans l'existence de Savinie tout ce qui pouvait y répandre de l'attrait, tout, jusqu'à l'espérance... Je n'ai pas la moindre volonté d'enchaîner son cœur : je veux qu'elle soit libre d'accorder à un autre ce que je ne lui demanderai certes jamais, une affection sentimentale; puisse ce sentiment, qui est le principal mobile de la vie des femmes en général , lui procurer le bonheur que vous me reprochez de lui avoir ravi ! Ce n'est pas moi qui mettrai obstacle aujourd'hui à ces belles illusions que vous regrettez pour elle..

Cependant, ne croyez pas , Léonce, que cette conde-

scendance ait pour but l'avantage qui pourrait me revenir de ce petit événement; non, ne le croyez pas; car,
les choses sont arrangées de telle sorte, que dans cette
circonstance, ce qu'on appelle le déshonneur serait certainement mon lot. Est-ce jamais celui qui trompe, qui
trahit, qui manque à la foi jurée, que l'on imagine de
trouver coupable? Non sans doute, c'est celui qui a l'in-
signe ridicule d'être victime d'une trahison semblable.
Ayez donc un peu plus de foi dans ce qui peut rester
de bon en moi, mon cher Léonce; quoi que vous puis-
siez dire, je n'ai pas perdu tout sentiment de commi-
sération pour mon semblable; jamais une intention
méchante n'a souillé ni ne souillera mon cœur; je n'en
vœux pour preuve que ma bienveillance à l'égard de
Savinie, au sujet de laquelle vous éveillez sans cesse le
reproche de ma conscience. Ce sentiment est-il donc celui d'un être perverti sans retour ?

Mais quand donc vous reverrai-je enfin, Léonce? Ne
vous prendra-t-il jamais fantaisie d'essayer si vos
exemples feront plus que vos leçons? Dieu le fasse, et
vous décide !

XXV.

SAVINIE A DIANE.

Telle est donc la vie, Diane, une pâle succession d'années dont chacune est destinée à soulever un coin du

voile qui nous cache le ténébreux avenir, et à détruire
ainsi tour à tour toutes les espérances que nous avions
conçues dans les premiers temps de la vie. Nul n'est appelé à voir se réaliser le rêve après lequel il soupire:
le ciel l'a refusé à nos désirs trop présomptueux peut-
être... Cependant, les miens étaient si simples, et si faciles à satisfaire !

Cependant, Diane, que la tristesse que je vous laisse
voir ici ne vous autorise point à préjuger encore du caractère de Samarite; vous auriez grand tort de l'accuser
de l'affliction que je ressens aujourd'hui ; sans doute, il
est l'objet des inquiétudes qui m'agitent, mais qu'il est
loin de le prévoir, et qu'il soupçonne peu ce qu'autorise
dans ce moment sa trop indulgente confiance!

Depuis quelque temps, Samarite admet sur le pied de
l'intimité, dans notre maison, un de ces êtres que le
ciel semble avoir formés comme des sortes d'épreuves
propres à faire douter de lui, si toutefois l'on peut supposer que le ciel soit pour quelque chose dans la création
de ces âmes de boue. Comme il y a dans l'ordre social
certains états qui ne sauraient vivre que de la ruine de
certains autres, il se trouve dans l'ordre moral des esprits
qui semblent se repaître du désespoir qui s'empare des
cœurs dans certaines phases malheureuses de la vie...
Savez-vous où l'on rencontre le plus souvent ces êtres
funestes ? C'est au sein des familles où la main de Dieu
n'a pas daigné répandre sa bienfaisante harmonie ; là
où ils sentent que la force succombe et que la vertu
chancelle. Ils guettent avec une sorte de patiente avidité l'instant qui doit leur assurer leur proie ; alors, ils
jouent la compassion, la sympathie, l'amour, tout ce
qui peut toucher le malheur... Mais leur est-il toujours
permis d'arriver à leurs fins ?

Tel est pourtant ce Gernand, celui que Samarite estime et accueille.

Mais qu'est-ce qui l'a autorisé à jouer ici un pareil
rôle? Supposerait-il, d'après de malheureuses apparen-
ces, que je suis descendue à ce degré de désespoir et de
dépit si fécond en conseils funestes? Je n'ose le croire ;
mais je crains que l'assurance de l'impunité ne soit un
encouragement suffisant pour un cœur lâche et astu-
cieux.

L'aveuglement de Samarite est incroyable ; non seulement la manière d'agir de Gernand ne lui fait rien soup-
çonner , mais il semble la considérer comme une plaisanterie passagère que pourrait permettre une familiarité
qui n'existe pas, pourtant, entre M. de Gernand et moi.

Je ne sais, mais on dirait que cet homme est devenu
le mauvais génie de Samarite ; depuis qu'il a, pour ainsi
dire, élu domicile ici, Samarite n'est plus le même; leur
langage est étrange, ils parlent de tout avec une amertume railleuse qui ferait croire que rien ne leur impose;
c'est une sorte de défi qu'ils se jettent de regarder toutes
choses reçues et respectées comme autant de vains et
ridicules préjugés, auxquels ils trouvent puéril de s'arrêter... N'est-ce qu'une triste et déplorable plaisanterie?
Samarite a tant souffert !... Hélas ! je voudrais que ce
fût un noble dépit qui lui suggérât ces sortes de blasphèmes ; mais il n'est que trop vrai que Samarite a
changé. Qui faut-il en accuser, Diane ? Mon Dieu ! ce
n'est pas lui; mais une influence funeste se fait sentir
au milieu de nous : il règne ici une certaine inquiétude
que je partage sans la comprendre, et dont je cherche en
vain à m'expliquer la cause.

Il doit vous paraître bien surprenant que je n'en demande pas la raison à qui peut me la dire; mais je vous l'ai dit, la confiance de Samarite est pleine de réticences, et mille scrupules m'arrêtent... Laissez-moi donc chercher à adoucir mes peines en vous les racontant, et acceptez-moi toujours, suivant votre expression, comme un être qui n'est pas de ce monde...

Adieu !

XXVI.

LÉONCE A SAMARITE.

Je reçois à l'instant votre abominable lettre : vous en êtes donc venu à ce degré de coupable indifférence, ou, pour mieux dire, de monstrueuse duplicité? Car vos excuses sont pitoyables. Lucifer s'excusait ainsi. Que faire donc? Vous conseiller et tenter de vous guérir a toujours été inutile ; aujourd'hui ce serait démence... Je pars, Samarite; il ne s'agit plus d'un simple projet de voyage que pouvaient entraver mille obstacles ; cette fois c'est bien sérieusement que je vous l'annonce, et avec la résolution d'accomplir un devoir : dans quelques jours je serai près de vous.

XXVII.

SAVINIE A DIANE.

Un mois s'est à peine écoulé depuis que je vous ai en-
tretenue des nouveaux soucis de ma vie : suis-je plus
calme aujourd'hui et plus rassurée ? Non, sans doute :
des maux plus réels même se révèlent à moi ; mais la
certitude du mal est regardée avec raison comme moins
affreuse qu'une appréhension funeste : telle est la situation dans laquelle je me trouve ; et pourtant, combien
de doutes pénibles subsistent encore pour moi ?

Consentez, ma chère Diane, à écouter ce malheureux
récit : c'est un bien triste privilége que vous donne aujourd'hui l'amitié que vous avez pour moi ; mais le mal
qu'on éprouve semble moins grave quand on a la faculté
d'en exprimer les angoisses. Je vais donc vous parler de
ce qui a causé ce mal, et de l'inutilité des remèdes que
l'on a cherché à y apporter.

Je vous ai dit tout ce que j'entrevoyais de déplorable
dans notre situation : vous allez juger de la fatalité de
mes prévisions.

Il y a quelques semaines, Samarite m'annonça la visite d'un de ses amis d'enfance, du seul homme, dit-
il, pour lequel il ait pu conserver de l'estime, du seul

qui ait protégé sa jeunesse, et encouragé les généreux
élans de son cœur. Il m'avait souvent parlé de cet ami,
et de sa prochaine arrivée, sans que je le visse paraître ; mais cette fois, il l'attendait positivement, et me
supplia de lui préparer la réception la plus magnifique
et la plus affectueuse. Je l'avoue, Diane, l'indulgence de
Samarite pour M. de Gernand me rendait un peu sus-
pect ce nouveau visiteur, et ce fut avec une certaine
défiance que je reçus ses instructions à cet égard. Cependant, d'un autre côté, j'avais un grand désir de
connaître cet homme que Samarite aime et révère seul
entre tous les autres, et qui jadis a été le confident de
ses joies, de ses espérances, aussi bien que des déceptions amères qui les ont suivies. Qui mieux que lui
pouvait deviner ce qui se passe de triste et de malheureux dans le cœur de Samarite ?... Je l'attendais donc
avec une inquiétude mêlée de désespoir, en songeant
à l'heureuse influence qu'il pourrait peut-être exercer
sur l'esprit de Samarite. Je ne l'attendis plus longtemps:
il arriva plus tôt que nous ne l'avions prévu.

Comment vous peindre ce premier instant? Dès qu'on
eut prononcé le nom de Léonce pour l'annoncer, Samarite se précipita à sa rencontre avec une joie, une émotion que je ne lui avais jamais vu éprouver, et des larmes s'échappèrent de leurs yeux; cependant, la joie de
Léonce était plus calme, et même un peu sévère ; il y
avait comme un expression de reproche dans son regard, mais de reproche qui ne saurait être plus fort que
l'affection qu'on porte au coupable. Pour moi, à qui
Léonce témoigna l'intérêt d'un père, je me sentis rougir
de mes folles préventions; et, en effet, il est impossible
de rencontrer un extérieur qui exprime mieux les no-

bles qualités de l'âme, et rien n'est trompeur en lui. Il possède une sorte de franchise qui vous attaque si bravement, que malgré ce qu'elle peut avancer de fâcheux pour votre amour-propre, on n'ose la repousser, et on en accepte la leçon comme si un propre retour sur vous-même vous l'avait dictée. C'est ce qui lui arriva avec Samarite. Dès les premiers moments, de longs entretiens qu'ils eurent ensemble amenèrent des explications sévères, que Samarite supporta avec une grande déférence, et, bien que ce dernier voulût m'en cacher les résultats, l'inexorable loyauté de Léonce me permit de découvrir tout ce qu'il y a; le dirai-je? de répréhensible dans la conduite de Samarite; car des causes trop malheureuses l'ont conduit à la situation d'esprit où il se trouve aujourd'hui, pour que l'on puisse le blâmer sans presque l'absoudre. C'est une triste histoire que la sienne. Lui aussi avait reçu en partage un cœur toujours prêt aux plus généreux sacrifices, aux plus nobles initiatives; mais des rires sceptiques ont accueilli ses saintes croyances, et l'égoïsme des hommes a desséché peu à peu ce cœur où brûlait naguère une foi si ardente. Maintenant, par un triste retour des choses, à ses yeux rien n'est mal, rien n'est bien, tout est égal. Mais l'influence fatale a soufflé sur lui; insensiblement l'égoïsme a aussi gagné son âme, et une ambition sordide..... Puisque ce mot est écrit je ne l'effacerai pas, est le seul mobile qui le fasse agir désormais. Jusqu'à ce jour, le moindre résultat de ses déplorables entreprises a été la ruine presque complète de notre fortune; mais là ne se sont pas bornés leurs funestes effets... Telle est l'affreuse certitude que j'ai acquise. Ce fut en vain que Léonce employa les conseils et les prières pour le déter-

miner à abandonner une voie si scabreuse : Samarite
semble retenu par je ne sais quelle influence qui l'emporte sur sa faible volonté ; il a dit à Léonce que plusieurs mois encore lui étaient nécessaires pour mener
à bien certaines opérations, et qu'après ce temps, il
choisirait une retraite dans leur pays natal, et irait y
oublier les pénibles fatigues de son existence passée ;
était-ce pour se débarrasser des exhortations de Léonce?
Que faut-il croire ?

Léonce partit au bout de quelques jours, mais peu
convaincu, je crois, des nouvelles assurances que lui
donna Samarite de le rejoindre bientôt. Il nous quitta à
regret, et la tristesse de ses adieux me frappa douloureusement. Il ne songeait que trop bien peut-être! Car,
depuis son départ, les choses ont pris un caractère de
plus en plus sinistre, si je puis employer ce mot. Quelque chose d'étrange et de mystérieux se passe ici sans
que je puisse en découvrir la cause. Samarite est im-
pénétrable ; mais ce qu'il y a de certain, c'est qu'une
profonde inimitié a éclaté entre lui et Gernand, et que
les fréquentes altercations qui en résultent semblent
présager quelque fatale catastrophe.

J'attends, car, je ne puis qu'attendre, mais mon attente ressemble à celle d'un condamné, qui sait que l'on
peut changer la forme de son supplice, mais qu'il n'en
est pas moins destiné à le subir...

XXVIII.

SAMARITE A LÉONCE.

Si le timbre de cette lettre vous étonne, ce qu'elle contient ne vous causera pas une surprise moins profonde. Vous m'avez plus d'une fois appelé près de vous, Léonce, et dernièrement encore je vous promettais de me rendre à vos désirs : il ne s'agit plus aujourd'hui de me persuader ni de me guérir ; mais si jamais je vous fus cher, voici l'instant d'une terrible épreuve.

Vous connaissiez ma situation à l'égard de Gernand. Je ne reviendrai pas sur ces détails inutiles; qu'il vous suffise de savoir que s'étant aperçu du triste résultat de nos entreprises, et craignant plus que toute autre chose au monde de passer pour dupe, le vaniteux jeune homme en conçut contre moi une telle animosité, que malgré tout ce que je pus imaginer pour apaiser son ressentiment, les choses prirent un tel caractère, et les insultes de Gernand furent poussées si loin, que je fus forcé de me rendre à ses horribles incitations. Singulière destinée ! Je n'avais pas touché d'armes depuis le jour funeste... et je vous le jure, Léonce, l'idée que je pouvais devenir le meurtrier de Gernand, m'épouvanta.... Cependant les circonstances étaient telles que je ne pus re-

culer... C'était par une matinée froide et humide, et nous
arrivâmes transis au lieu de notre rencontre, moi du
moins que le ressentiment ne pouvait animer ; non , en
vérité, car, je vous le répète, je ne voulais point tuer
cet homme... Enfin les sinistres préparatifs furent ter-
minés avec une promptitude effrayante, et nous nous
trouvâmes en présence l'un de l'autre. Gernand devait
tirer le premier, et j'étais résolu, après avoir essuyé le
premier feu, à user de générosité. Gernand tira donc,
la balle effleura ma poitrine, et je sentis à cette place
comme l'impression d'un fer rouge. Le sang alors me
monta rapidement au cerveau, et tout changea d'aspect
à mes yeux. Je songeai que si j'étais tombé et que Gernand m'eût survécu, maître de tous mes secrets il pouvait traiter à merci la malheureuse Savinie ; oui, je puis
dire que je pensai à Savinie dans ce fatal instant. Tandis que si Gernand succombait.... c'était une horrible
tentation , je demeurais détenteur d'une partie de sa
fortune, et libre peut-être encore de cacher tous les
vilains côtés de cette misérable affaire. D'ailleurs les
règles de cette hideuse coutume ne pouvaient-elles me
laver d'un pareil crime? Toutes ces réflexions, et beaucoup d'autres encore , me traversèrent l'esprit en moins
de temps que je ne saurais l'expliquer, et je restais im-
mobile ; mais les brutales apostrophes de Gernand me
rappelèrent à moi-même... Vous connaissez ma déplorable adresse... je le tuai...

A peine Gernand fut-il tombé, que les conséquences
de ma détestable action m'épouvantèrent. Les amis de
Gernand se précipitèrent vers lui; et moi, profitant de
cette douloureuse diversion , et à la faveur de la brume
et de la pluie glaciale, qui nous aveuglait, je me mis à fuir

comme un misérable à travers les bois, jusqu'à ce que
je me crusse à l'abri de toutes poursuites. C'est de ce
lieu de refuge que je vous écris, Léonce, et c'est l'hospitalité que je vous demande... Hélas! est-ce donc un
pareil événement qui devait me ramener près de vous,
la main teinte du sang de mon semblable, moi à qui cette
lâche main a refusé la mort que me fit chercher naguère
un si généreux désespoir !... Oh ! ne craignez rien ;
nul ne reconnaîtra le Samarite d'autrefois dans le pré-
coce vieillard qui s'achemine aujourd'hui, dévoré d'angoisse et de remords , vers son lieu natal ; c'est bien
là que je dois être le mieux méconnu... dans ces lieux
mêmes où mon pauvre cœur s'ouvrit aux riantes et men-
teuses espérances de la vie !...

Avant trois jours, je l'espère , je serai près de vous.

XXIX.

SAVINIE A DIANE.

C'est d'une triste chaumière au pied des Alpes que je
vous écris, Diane; c'est ici que vient de s'accomplir une
destinée funeste.... La mort, une douloureuse terreur
m'environnent; ma main tremble, et je ne sais comment
je pourrai vous faire ce fatal récit.

Que vous avais-je dit , où en étais-je restée , la dernière fois que je vous écrivis ? Il me semble que je vous
avais parlé de sinistres présages.. Ils se sont réalisés de
la manière la plus horrible. L'animosité qui se manife-
stait entre Samarite et Gernand , ces altercations vio-
lentes , ces mystérieux entretiens , tous ces sujets de
trouble et d'appréhension pour moi , nous ont conduits
à la désastreuse catastrophe dont je vais vous entretenir:

Il y a quelques jours, Gernand se présenta chez Samarite, les yeux pleins de courroux, et réprimant avec
peine la colère qui l'animait. Il était accompagné de
deux de ses amis; leur conférence fut longue; et elle se
termina par une violente provocation, de la part de Gernand : à un combat à mort, disait-il.

L'intervention de ses compagnons avait été vaine ; la
mienne devait l'être de même ; et Samarite lui-même
m'exhorta froidement au silence. Tels furent ses adieux;
et je dus le voir partir pour ce duel en dévorant mon
angoisse.

Quelles souffrances ne suivirent pas cet instant ! Enfin, après plusieurs heures d'horrible attente, un étranger se présenta , et me remit un message... Samarite
vivait ! Mais, hélas ! il avait tué Gernand, et cette catastrophe , qu'ont accompagnée de trop malheureuses
circonstances, l'obligeait de fuir, et de chercher un refuge loin des lieux qui l'avaient vue s'accomplir... Samarite m'indiquait les moyens de le rejoindre sans
éveiller les soupçons : j'eus promptement exécuté ces
pénibles instructions, et bientôt je me trouvai près de lui.

Hélas ! à peine l'eus-je aperçu que je fus effrayée de
l'altération de ses traits, aussi bien que de la profonde
absorption qui le rendait insensible à toute chose.

15

Il reçut mes soins avec indifférence, et me laissa gouverner, sans paraître y songer, les apprêts de notre triste voyage.

Nous partîmes: mais ce douloureux malaise, que j'avais d'abord attribué à l'émotion de la scène où il venait de jouer un rôle si affreux , ne se calma point; et , le troisième jour, des symptômes tellement alarmants se manifestèrent dans l'état de Samarite , que nous dûmes nous arrêter.

Nous nous trouvions alors dans un pauvre village, à l'entrée des Alpes, et éloignés encore de plus d'une heure de chemin des secours que peut procurer la science à de semblables maux.

Cependant, ne pouvant poursuivre notre route, nous descendîmes dans la première chaumière qui s'offrit à nous, et un exprès fût envoyé à la ville la plus voisine pour y chercher un médecin, que l'on ne put ramener que le lendemain.

Je n'essaierai pas de vous peindre la longue anxiété de cette nuit de souffrance. Le médecin arriva enfin ; mais l'effet des remèdes qu'il ordonna fut lent, ou pour mieux dire, ces remèdes furent impuissants à détruire un mal si profond.... Tout espoir disparaissait pour moi. Cependant, vers le soir, une lueur d'espérance vint encore m'abuser: Samarite avait recouvré le sentiment de l'existence, et je me flattais que l'air pur des montagnes , ce pays natal tant regretté, allait opérer un heureux retour. Le soleil couchant inondait de lumière la chambre ou gisait Samarite, et d'où l'on dominait l'une des plus pittoresques vallées des Alpes. Samarite promena ses regards sur ce magnifique spectacle qu'embellissaient encore les rayons obliques du couchant : un grand cal-

mé régnait en lui; et il demeura longtemps dans cette
contemplation tranquille. Tout-à-coup ses yeux s'arrê-
tèrent plus attentivement sur un certain point de l'horizon; un flot de larmes inonda son visage, et une agitation
violente succéda à cet état de calme dont j'avais trop
bien et trop vite auguré.

Qu'avait-il aperçu ? Quel funeste souvenir était venu
troubler cette courte sérénité des derniers instants de sa
vie?... A partir de cet instant, bien que je n'eusse
point encore perdu toute espérance, le mal fit des progrès qu'aucun remède ne put arrêter. Le temps changea
brusquement, et la pesanteur de l'atmosphère acheva de
compliquer le mal toujours croissant de Samarite. Vers
le milieu de la nuit, sa respiration devint de plus en
plus pénible et bruyante, et le bruit de la tourmente
qui sévissait au dehors, se mêlant à cet effrayant sym-
ptôme, rendait d'autant plus horrible cette veillée funèbre... Le vent et la pluie pénétraient par intervalles
dans ce triste réduit ; et ce n'est qu'à grand peine
que je parvenais à préserver Samarite de cette nouvelle
calamité. Bientôt, l'ouragan éclata avec une telle violence
que les portes et les fenêtres mal jointes de la pauvre
chaumière volèrent en éclats ; cependant, cette dernière
convulsion des éléments abattit l'ouragan ; le vent s'a-
paisa peu à peu ; le calme se rétablit, et tout rentra
dans le silence... Trompée par ce calme sinistre, je
m'assis près de Samarite, et je m'abandonnai au douloureux souvenir qu'avaient fait naître en moi les derniers incidents de la nuit. Je me rappelai cette soirée
fatale, où, par un temps semblable, on était venu nous
apprendre qu'un étranger trouvé mourant sur le bord
d'un ravin, à quelque distance de notre demeure, récla-

mait des secours que le moindre retard pouvait rendre inutiles... Je me rappelai l'effroi que m'avait causé l'arrivée subite du messager, et les craintes superstitieuses que m'inspira plus tard celui que son malheur et sa tristesse m'avait rendu si cher! Je ne sais combien de temps durèrent ces douloureuses réflexions; mais je n'en fus distraite que par les premières lueurs de l'aube, qui vinrent éclairer le misérable réduit que nous habitions. Tout dormait, et le plus profond silence régnait encore aux alentours. Cette solitude m'effraya... J'éprouvais une indicible terreur, et je craignais tout autant d'en prolonger l'angoisse que de la faire cesser.... Cependant, je m'approche de Samarite, je veux le réveiller, sortir de cette horrible appréhension... Ses yeux étaient fermés pour toujours... . . . .

. . . .

Plusieurs jours ont passé déjà sur cette grande douleur sans en diminuer l'amertume. Que vous dirai-je, que puis-je vous dire de moi? Il y a des êtres pour qui l'existence réside tout entière dans l'existence de ceux qu'ils chérissent: quand la mort ou l'oubli vient à rompre ce lien puissant, ils ressemblent alors à ces esprits précipités du ciel, pour qui tout charme, tout prestige, est détruit à jamais. Ils marchent péniblement sur la terre, et le souvenir de ce qu'ils ont perdu reste dans leur cœur comme celui d'une existence plus parfaite à laquelle ils ne peuvent plus aspirer désormais.

FIN.

www.ingramcontent.com/pod-product-compliance
Lightning Source LLC
Chambersburg PA
CBHW060828250626
47162CB00005B/1991